d

Magdalen Nabb

Finchen und der Krach mit Lena

Mit Bildern von Karen Donnelly
Aus dem Englischen von
Ulla Kösters

Diogenes

www.diogenes.ch
40/07/6/1
ISBN 978 3 257 01124 1

Inhalt

Ärger in der Schule

Finchen malte ein Bild. Für alle Fälle hatte sie den Tisch mit Zeitungspapier ausgelegt. Finchens Mutter las ein Buch, und Rotbart schlief am Kamin. Draußen war es bereits dunkel, und Finchens Mutter hatte die Vorhänge schon zugezogen. Es war warm und sehr still. Man konnte hören, wenn Finchens Mutter die Seite umblätterte, und man konnte hören, wenn Finchen den Pinsel in das Marmeladenglas mit dem sauberen Wasser tauchte.

Man konnte sogar Rotbart gähnen hören.

»Mama?«, Finchen rührte mit dem Pinsel heftig im Glas. »Rate mal, was meine Lieblingsfarbe ist.«

»Indigoblau«, sagte Finchens Mutter ohne Zögern und schaute dabei nicht einmal von ihrem Buch auf.

»Woher weißt du das denn?«, staunte Finchen.

»Weil deine Nase ganz blau ist.«

Finchen rieb sich die Nase und betrachtete nachdenklich den Malkasten. »Bei Indigo kann ich schon den Boden vom Farbtöpfchen sehen. Und bei Karminrot und Aquamarin auch. Warum heißt die Farbe eigentlich Aquamarin?«

»Keine Ahnung.« Finchens Mutter erhob sich. »Zeit fürs Bett.«

»O nein, Mama, bitte!«, rief Finchen. »Ich möchte so gern noch Lenas Kleid fertig malen! Darf ich?«

Die Mutter kam an den Tisch und betrachtete das Bild. Finchen hatte Lena gemalt, mit blonden Locken, die von einem roten Band zusammengehalten wurden, und in einem karierten Kleid.

»Das Bild ist doch fertig«, stellte die Mutter fest. »Außerdem verdirbst du dir noch die Augen mit diesen winzig blau-weißen Karos.«

»Das ist nicht blau, das ist indigo«, korrigierte Finchen sie. »Und ich bin noch nicht fertig, weil ich die weißen Karos noch alle karminrot anmalen muss. Und, Mama? Wenn Lenas Mama ins Krankenhaus geht und Lena zu uns kommt, drehst du mir dann auch jeden Abend den Pony auf einen Lockenwickler auf?«

»Mal sehen«, sagte Finchens Mutter. »Aber jetzt marsch, ins Bett mit dir. Morgen ist Schule.«

»Darf ich noch lesen?«

»Nein«, sagte Finchens Mutter. »Es ist schon spät. Und mach die Pinsel richtig sauber.«

»Bin schon dabei«, sagte Finchen. »Nur fünf Minuten, Mama! Bitte! Darf ich?«

»Aber nur, wenn du dich jetzt ein bisschen beeilst«, gab sich Finchens Mutter geschlagen. »Vergiss nicht, dir die Zähne zu putzen und die Ohren zu waschen. Das letzte Mal, als ich nachgesehen habe, sind da schon die Bohnen gesprossen.«

»Mama, darf ich noch ganz schnell …?«

»Finchen! Es reicht!«

»Aber Mama …«

»Schluss jetzt.«

»Aber …«

»Finchen! Mach, dass du die Treppe raufkommst.«

»Kann ich noch was zu trinken haben?«, fragte Finchen ungefähr auf halber Treppenhöhe, ging dann aber doch lieber ohne die Antwort abzuwarten ins Bett.

Eiseskälte und ein grauer, trüb verhangener Himmel erwarteten sie am nächsten Morgen. Als die Kinder sich im Schulhof aufstellten, hatten alle rot gefrorene Nasen. Im Klassenraum war es schön warm.

»Ich habe neue Filzstifte und du nicht«, sagte Lena. »Lauter tolle Farben. Guck mal!«

»Na und«, sagte Finchen. »Das ist mir doch egal, Filzstifte riechen eklig. Ich mag Buntstifte viel lieber.«

Lena hatte einen rosafarbenen Schulranzen und ein rosafarbenes Mäppchen mit einem Radiergummi, einem Anspitzer, ganz vielen Haargummis und abgebrochenen Buntstiften. Heute hatte sie auch ein Klarsichtmäppchen dabei mit ganz, ganz vielen Filzstiften.

»Kann ich mir davon mal ein paar leihen?«, erkundigte sich Anna.

»Nein«, winkte Lena ab. »Ich darf keine hergeben. Meine Mutter hat's verboten.«

Finchen sagte nichts.

»Nur mir«, schmeichelte Anna. »Ich gebe dir auch diesen Armreif dafür. Schau doch mal!« Sie zeigte Lena einen grünen, mit glitzernden Strasssteinen verzierten Armreif. Anna hatte noch einen dunkelroten und einen rosafarbenen.

»So ein Mist«, sagte Robert Becker, ließ seinen Batman mitten durch Lenas Locken fliegen und brachte ihre Frisur dabei ganz durcheinander.

»Das melde ich«, sagte Lena. »Und ich sag es meiner Mutter. Die kommt dann in die Schule und spricht mit Frau Pohl, und Frau Pohl spricht mit Fräulein Schneider und sagt ihr, dass du nicht mehr an unserem Tisch sitzen darfst und Gerrit auch nicht, weil der sich immer die Nase am Ärmel abwischt.«

»Du bist doof«, sagte Robert.

Gerrit wischte sich die Nase am Ärmel ab. »Wart nur, dich krieg ich nach der Schule.«

»Oh!«, sagte Lena. »Oh! Das melde ich auch!«

»Ruhe jetzt!«, sagte Fräulein Schneider, ging zu jedem an den Platz und teilte Blätter aus. »Ich möchte, dass ihr einen Aufsatz für mich schreibt. Und auf der rechten Seite malt ihr ein Bild. Ihr wisst doch jetzt alle, wo rechts und links ist, nicht wahr? Wer sich nicht ganz sicher ist, der muss einfach nur an seine kleine Merkhilfe denken. So, und jetzt heben alle einmal die rechte Hand!«

Alle hoben sofort die rechte Hand, bis auf diejenigen, die sich nicht ganz sicher waren. Die zögerten ein wenig und dachten angestrengt nach. Dann fiel Lena der kleine rote Klecks Nagellack ein, den ihr die Mutter auf den rechten Daumennagel gemacht hatte, und sie hob die rechte Hand. Anna erinnerte sich an die Armreifen und hob die rechte Hand. Gerrit schaute auf seinen Ärmel und hob die rechte Hand.

»Fräulein Schneider!«, rief Lena, »Robert hat Batman in der rechten Hand, genau wie sie es ihm erklärt haben, aber er hebt sie nicht!«

»Schon gut, Lena. Das genügt, danke. Vergesst nicht, euren Namen oben auf das Blatt zu setzen, und von der Tafel könnt ihr das Datum abschreiben. Auf der kleinen Tafel stehen ein paar Wörter, die euch helfen sollen.«

Auf der kleinen Tafel stand:

Es war einmal – in einem fernen Land – Da, ganz plötzlich – glücklich bis an ihr Lebensende.

»Das ist keine Klassenarbeit«, sagte Fräulein Schneider. »Ihr dürft ruhig miteinander reden, aber leise. Und ihr könnt euch gegenseitig helfen, während ihr auf mich wartet.«

Fräulein Schneider war sehr nett. Sie ging in der Klasse herum und half jedem. Und sie schimpfte nie, ganz im Gegensatz zu Frau Pohl, der Schuldirektorin.

Finchen begann mit dem Aufsatz. Sie schrieb nie Wörter von der kleinen Tafel ab, denn in Aufsatzschreiben war sie gut. Sie schaute auf das leere Blatt Papier, das in der Mitte gefaltet war, auf den gespitzten Bleistift und auf die Schachtel mit den Buntstiften in der Mitte des Tisches. Sie dachte angestrengt nach.

Finchen hätte gern einen Aufsatz über Pinguine geschrieben, denn sie mochte Pinguine, weil die so freundlich aussahen und das schwarz-weiße Gefieder so schön schimmerte. Anderer-

seits hatte sie einmal bei Lena im Fernsehen Pinguine gesehen. Die standen einfach nur herum, dachten über alles Mögliche nach und machten überhaupt gar nichts. Ein Aufsatz über Pinguine würde da wohl nicht sehr spannend werden.

Finchen mochte auch Pandas, wie Percy zum Beispiel, ihr großer Kuschelpanda daheim. Aber Percy lag immer nur im Bett, und selbst wenn sie sich eine spannende Geschichte ausdachte, wäre er ein winziges kleines bisschen zu dick, um richtig mitspielen zu können, und bestimmt würde ihn das ein wenig traurig machen. Finchen hatte Percy sehr lieb. Sie überlegte und überlegte und überlegte. Das letzte Mal hatte sie eine Geschichte über Soldaten geschrieben und ein Bild gemalt, wie sie marschierten, in roten Jacken. Aber die Jungen fanden das blöd, weil nicht überall BUM und PENG und KNALL stand und nicht alles in die Luft flog wie auf ihren Bildern.

Finchen überlegte und überlegte. Da unterbrach Gerrit sie.

»Was soll ich jetzt schreiben?«, wollte er von ihr wissen.

GERIT Grafontak Eswaeinma in frnemLand gluklisch am Lebnsnd – hatte er in eine einzige lange Zeile geschrieben, die krumm und schief quer über das Blatt lief und am unteren Rand ein vorzeitiges Ende gefunden hatte. Nun wusste er nicht mehr weiter.

»Du sollst das nicht nur einfach abschreiben«, erklärte Finchen ihm. »Das soll dir nur helfen, dir eine Geschichte auszudenken.«

Gerrit spuckte auf das Blatt und versuchte, die Zeile mit dem Finger wegzureiben.

»Lass das lieber«, warnte Finchen ihn. »Sonst machst du noch das Blatt kaputt.«

Doch da war das Unglück bereits geschehen: Mitten in Gerrits Blatt prangte ein großes Loch. Er begann zu weinen.

»Warum weinst du denn?«, erkundigte sich Finchen.

»Ich will nicht ausgeschimpft werden!« Gerrit weinte und weinte. Die Tränen fielen auf das Blatt mit dem Loch in der Mitte, und er wischte sie mit der Hand fort, bis das Blatt schließlich ganz und gar verschmiert war. Dann warf er es laut aufheulend auf den Boden.

»Ist der blöd«, sagte Lena. »Ständig heult er. Und jetzt bekommt er auch noch Ärger, weil er das Blatt auf den Boden geworfen hat.«

»Ruhe bitte«, sagte Fräulein Schneider.

»Hör auf zu weinen«, sagte Finchen. »Fräulein Schneider schimpft nie, und wenn sie zu uns an den Tisch kommt, gibt sie dir ein sauberes Blatt von ihrem Pult.«

Aber Gerrit Graf heulte und heulte. »Was ist denn mit dir los, Gerrit?«, wollte Fräulein Schneider wissen, die an einem anderen Tisch stand. Gerrit heulte und heulte.

»Ich - kann - nicht - schreiben - und - Finchen - hilft - mir - nihicht!!!«

»Hilf ihm doch bitte mit dem Anfang, Finchen«, bat Fräulein Schneider. »Ich komme gleich zu euch. Ich brauche hier nur noch eine Minute.«

Gerrit Graf heulte lauter und lauter, denn wenn Fräulein

Schneider zu ihnen an den Tisch kam, würde sie sehen, was er mit seinem Blatt angestellt hatte.

»Finchen, komm doch mal kurz her zu mir.«

Finchen ging zu Fräulein Schneider, die bei Tahara und Stefan Schneider saß und Tahara beim Schreiben half. Als Finchen zu ihr an den Tisch trat, legte ihr Fräulein Schneider den Arm um die Schulter. »Ich weiß, dass du lieber an deiner eigenen Geschichte arbeiten willst, aber ich muss Tahara helfen, das Alphabet zu lernen, das verstehst du doch, oder?«

»Ja«, sagte Finchen. Wenn niemand Tahara half, dann schrieb sie in einer ganz komischen Krakelschrift, die niemand lesen konnte.

»Hilf du doch Gerrit, nur einen Augenblick«, bat Fräulein Schneider, »dann komme ich. Sorg einfach dafür, dass er mit dem Weinen aufhört, okay?«

»Ich helfe ihm ja«, sagte Finchen. »Er weint doch bloß, weil …« Sie hielt inne. Finchen verpetzte niemanden, nicht einmal Gerrit Graf. »Er weint, weil er kein Blatt hat«, erklärte sie mit halbgeschlossenen Augen.

»Ach du meine Güte«, seufzte Fräulein Schneider. »Ich habe gedacht, ich hätte jedem Kind ein Blatt gegeben. Gib ihm einfach eines von meinem Pult.«

Finchen holte ein Blatt für Gerrit. Sie hielt die Augen noch immer halb geschlossen, weil sie nicht genau wusste, ob sie gelogen hatte. Sie wollte Fräulein Schneider nicht belügen, aber sie wollte auch nicht petzen, dass Gerrit sein Blatt einfach auf den Boden geschmissen hatte. Sie brachte Gerrit ein schönes, sauberes Blatt, faltete es in der Mitte und schrieb den Anfang für ihn: *Es war einmal ein Pinguin …*

Was machte es schon, wenn der Pinguin nichts weiter tat. Gerrit konnte sowieso nicht viel schreiben.

»Du musst auch für mich malen«, sagte Gerrit. »Ich kann nur Häuser malen.«

»In Ordnung«, willigte Finchen ein. »Aber erst muss ich meinen Aufsatz schreiben.«

Finchen überlegte und überlegte und überlegte, und dann schrieb sie: *Es war einmal eine traurige Prinzessin …*

Da unterbrach Lena sie.

»Du musst auch ein Bild für mich malen, sonst spiele ich in der Pause mit Anna und nicht mit dir.«

»Was soll ich denn für dich malen?«, erkundigte sich Finchen.

»Ich will genau das gleiche Bild wie du.«

»Ich male eine Prinzessin«, sagte Finchen.

»Dann will ich auch eine Prinzessin«, erklärte Lena. »Mit einer Krone, weil ich einen goldenen Filzstift habe, und Anna darf abmalen, ich leihe ihr meinen goldenen Filzstift.«

»Leihst du mir den auch?«, wollte Finchen wissen.

»Vielleicht«, sagte Lena.

»Ich male dir eine Prinzessin«, willigte Finchen ein. Sie malte für Lena immer alle Bilder, denn Lena war ihre beste Freundin, und es machte ihr gar nichts aus, wenn Anna das Bild abmalte, Hauptsache, sie durfte auch den goldenen Filzstift kurz haben.

»Du musst auch den Aufsatz für mich schreiben«, erklärte Lena, als Finchen fertig gemalt hatte, »sonst kann ich dir nur die normalen Farben leihen, aber nicht den goldenen Filzstift.«

»In Ordnung«, sagte Finchen. »Aber zuerst muss ich meinen Aufsatz schreiben.«

Sie schrieb, so schnell sie konnte: *Die Prinzessin hieß Lena, sie hatte blonde Locken und einen Vater, der war König und gab ihr alles, was sie haben wollte. Sie trugen beide goldene Kronen, wenn sie Tee tranken, und im Garten wuchsen goldene Blumen.*

Finchen hielt einen Augenblick inne und schielte zu Lenas Filzstiften hinüber. Sie sah den goldenen und entdeckte dann auch noch einen silbernen Stift. Sie wollte sich von Lena den Radiergummi leihen, damit sie aus den ›goldenen Blumen‹ ›goldene und silberne Blumen‹ machen konnte, aber Lena flüsterte mit Anna.

»Und dann habe ich gesagt swesewesewesweswese … und dann hast du gesagt swesewesewesweswese ….« Und dann kicherten die beiden.

Robert Becker unterbrach sie.

»Da-da-da-da-da-da-da-da-da-da
Da-da-da-da-da-da-da-da-da-da-
Bat-man!«

Und er ließ Batman über Finchens Blatt fliegen.

»Hör sofort auf damit!«, sagte Finchen. Manchmal flog Robert eine Batman-Attacke und machte einem dabei das Blatt kaputt. »Hör sofort auf damit! Ich schreibe gerade!«

»Schreiben ist doof«, sagte Robert.

»Das sagst du ja bloß, weil du nicht schreiben kannst.«

»Ich kann, wenn ich will.«

»Kannst du nicht.«

»Kann ich wohl.«

»Kannst du nicht. Fräulein Schneider sagt immer, dass du nur malen musst. Du machst doch nie was anderes als Batman spielen. Und gemalt hast du ihn auch noch nie. Ich wette, das kannst du auch nicht.«

»Kann ich wohl!«

»Kannst du nicht!«

»Kann ich wohl. Und zwar besser als alle anderen.«

»Dann tu's doch.«

Robert Becker stellte seinen Batman auf das Blatt und nahm den Stift in die Hand. Er summte ein wenig da-da-da-da-da-da, aber er hielt den Stift nicht richtig und malte nichts. Finchen beobachtete ihn. »Siehst du! Du kannst Batman nicht malen.«

»Ja und! Du doch auch nicht.«

»Kann ich wohl!«

»Kannst du nicht!«

»Kann ich wohl! Das schaff ich mit links.«

»Dann tu's doch.«

»Mach ich nicht, weil ich eine Prinzessin male.«

»Das ist blöd.«

»Ist es nicht. In meiner Geschichte kommt Batman nicht vor.«

Robert Becker weinte nie, außer einmal, als er bei einem Schulkonzert auftreten musste. Aber manchmal knuffte er andere, und einmal hatte er Frau Pohl getreten, als sie ihm befahl, ein Wort an die Tafel zu schreiben. Deshalb sorgte sich Finchen nun ein wenig und beschloss, lieber rasch einzulenken: »Wenn du willst, zeichne ich dir Batman auf dein Blatt.«

Robert sagte nichts. Er stellte Batman auf sein Blatt Papier und beobachtete Finchen, wartete darauf, dass sie zu malen begann.

Finchen machte sich nun wirklich Sorgen. Batman zu zeichnen war nicht ganz einfach, und sie war sich nicht sicher, ob sie ihn malen konnte. Wenn sie es nicht richtig hinbekam, würde Robert sie nach der Schule vielleicht knuffen. Dann kam ihr eine Idee. Einmal hatte Fräulein Schneider ihnen gezeigt, wie sie mit dem Stift dem Umriss ihrer Hand nachfahren konnten.

»Du musst ihn hinlegen«, sagte sie deshalb. Robert legte Batman auf das Blatt, und Finchen fuhr mit dem Stift um die Figur herum. Sie zeichnete, ohne die Figur festzuhalten, denn sie hatte Angst, dass Robert sie hauen würde, wenn sie Batman anfasste. Der Stift wackelte zwar ein bisschen, aber es klappte recht gut.

»Du kannst ihn jetzt hochnehmen«, sagte Finchen. Robert nahm Batman vom Blatt, und Finchen zeichnete das Gesicht mit der Maske und dann den Gürtel.

Robert betrachtete die Zeichnung lange, sagte aber kein Wort. Finchen glaubte schon, er würde sie knuffen, aber er tat es nicht. Er hielt den Bleistift in der Faust und kritzelte etwas neben das Bild, ruinierte es aber nicht. Dann legte er Batman wieder auf das Blatt und versuchte, mit dem Stift um ihn herum zu fahren. Weil Finchen Batman nicht festgehalten hatte, hielt er die Figur auch nicht fest, und so rutschte sie ihm kreuz und quer über das Blatt. Robert drückte den Bleistift so fest auf das Papier, dass es zerriss. Dann summte er da-da-da-da-da-da und spielte wieder Batman.

Finchen hatte die Nase gestrichen voll und überlegte, wie ihre Geschichte weitergehen sollte.

Sie blickte auf ihr Blatt. Das Blut schoss ihr ins Gesicht, und ihr Herz schlug ganz laut: Bum! Bum! Bum! Bum!

Jemand hatte mit ganz vielen verschiedenen Farben auf ihrem Blatt herumgekritzelt. Lena flüsterte mit Anna, dann schauten die beiden sie an und kicherten.

»Du bist selbst schuld! Du hast mit Robert gespielt, statt meinen Aufsatz zu schreiben«, sagte Lena.

»Wir malen unsere Bilder jetzt an«, erklärte Anna, und dann kicherten sie.

Finchen wusste, dass die beiden sich abgesprochen hatten, und sagte nichts.

»Ich male meiner Prinzessin eine goldene Krone«, sagte Lena, schaute Finchen an und begann, die Krone der Prinzessin, die Finchen für sie gezeichnet hatte, golden auszumalen.

»Und ich male meiner Prinzessin ein silbernes Kleid«, sagte Anna, schaute Finchen an und begann das Kleid ihrer Prinzessin silbern auszumalen, die sie von Lenas Prinzessin abgezeichnet hatte, die Finchen für Lena gezeichnet hatte.

»Noch fünf Minuten«, verkündete Fräulein Schneider. »Malt eure Bilder fertig. Gleich geht es in die Pause.«

Finchens Herz schlug ganz laut. Bum! Bum! Bum! Bestimmt würde sie gleich in Ohnmacht fallen. Sie konnte doch unmöglich so ein vollgekritzeltes Blatt abgeben. Und Fräulein Schneider um ein neues Blatt zu bitten und noch einmal von vorne anzufangen, dafür war es zu spät. Doch wenn sie es trotzdem versuchen wollte, müsste sie petzen, dass Anna und Lena ihr das Blatt vollgekritzelt hatten, und Finchen petzte nie. Niemals. Was sollte sie bloß tun? Sie legte den linken Arm um das Blatt und senkte den Kopf, als wolle sie verhindern, dass jemand von ihr abschrieb.

Fräulein Schneider trat an Finchens Tisch. Zuerst ging sie zu

Gerrit. Finchen riskierte einen Blick. Auf dem sauberen Blatt Papier stand:

Gerrit Graf Montag

Es war einmal ein Pinguin

EswrmaGerritGrfmondak i wetlandlich end

»Du hast dir heute richtig Mühe gegeben«, lobte ihn Fräulein Schneider. »Und du hast ein sehr schönes Bild gemalt. Das freut mich sehr. Ist das ein Pinguin?«

»Nein«, sagte Gerrit. »Das ist ein Haus.«

»Kannst du das auch noch für mich anmalen? Wir haben noch drei Minuten bis zur Pause.«

Gerrit nahm den schwarzen Stift aus seinem Mäppchen und kritzelte das Bild voll.

Fräulein Schneider ging zu Robert Becker, und Finchen riskierte einen Blick.

»Robert! Das ist aber schön!«, freute sich Fräulein Schneider. »Du hast mir ja ein Bild von Batman gemalt. Das ist sehr hübsch geworden! Seht mal alle her! Robert hat ein Bild von Batman gemalt!« Sie hielt das Blatt hoch, damit es alle sehen konnten.

»Fräulein Schneider!«, rief Lena. »Da ist ein Loch in dem Blatt. Er hat das absichtlich mit dem Bleistift reingemacht. Anna und ich haben das genau gesehen. Und dann hat Finchen …«

»Schon gut, Lena, das reicht. Schade, dass da ein Loch in dem

Blatt ist«, sagte Fräulein Schneider. »Ich habe eine Idee! Wir schneiden Batman einfach aus und kleben ihn auf ein schönes, sauberes Blatt Papier, und dann hängen wir ihn an die Wand.«

Kaum hatte sie den Satz beendet, da krachte die Tür des Klassensaals auf, und Frau Pohl kam hereinmarschiert. Ihr Gesicht war knallrot, und die Augen blitzten furchterregend. Niemand sagte ein Wort. Finchen schützte ihr Blatt mit dem Arm und hielt den Kopf gesenkt. Sie hatte Angst vor Frau Pohl.

»Entschuldigen Sie bitte, Fräulein Schneider!«, bellte Frau Pohl. »Ich gehe gerade durch die Klassen, um alle Kinder zu ermahnen! Wir sind an dieser Schule unglaublich verschwenderisch, und das wird sofort aufhören, ist das klar?«

»Ja, Frau Pohl«, antworteten alle im Chor.

»Ich komme gerade aus der Klasse von Frau Ansorge. Der Papierkorb dort war randvoll! Randvoll! Und das bereits um zehn Uhr morgens! Papier kostet Geld, und ich verbiete ab sofort, dass wegen eines einzigen Fehlers die Seite aus dem Heft gerissen wird! Wenn ihr einen Fehler entdeckt, dann radiert ihn vorsichtig weg. Und wenn ihr keinen Radierer habt, dann geht zu eurem Lehrer. Habt ihr das verstanden?«

»Ja, Frau Pohl«, antwortete die Klasse im Chor.

»Und versucht bloß nicht, mit dem Finger zu radieren, habt ihr das verstanden?«

»Jawohl, Frau Pohl.«

»Hast auch du das begriffen, Gerrit?«

Gerrit fing an zu weinen, ganz laut.

Finchen riskierte einen Blick. Sie sah Fräulein Schneiders besorgtes Gesicht, und sie sah Frau Pohl auf ihren Tisch zusteuern. Finchen kniff die Augen ganz fest zusammen.

»Warum weint dieses Kind?«, bellte Frau Pohl.

»Was hast du denn, Gerrit?«, fragte Fräulein Schneider.

Gerrit weinte noch lauter.

»Frau Pohol«, meldete sich Lena, »Gerrit weint, weil er Papier verschwendet hat und weil er mit dem Finger radiert und ein Loch in das Blatt gemacht hat und weil er es auf den Boden geworfen hat, und Finchen hat ohne zu fragen von Fräulein Schneiders Tisch ein neues Blatt geholt. Und dann hat sie auch noch einfach auf mein Blatt gemalt, Frau Pohl.«

Finchens Herz klopfte so laut und heftig, dass sie kaum noch Luft bekam.

»Heb dieses Blatt da auf und gib es mir, auf der Stelle!«, rief Frau Pohl.

Gerrit hob das schmutzige Blatt mit dem Loch in der Mitte auf und reichte es Frau Pohl. Er heulte noch immer.

»Sei still!«, rief Frau Pohl. Gerrit hörte auf zu weinen.

Finchen riskierte einen Blick.

Frau Pohl hielt das schmutzige Blatt Papier hoch. »Obwohl ich es schon tausend Mal gesagt habe, scheint Gerrit Graf ganz offensichtlich noch immer zu glauben, er hätte Radierfinger! Wenn ich noch einen einzigen von euch bei einer derartigen Papierverschwendung erwische, bestelle ich eure Eltern in die Schule! Wenn sie so nachlässig sind und daheim eine solche Verschwendung dulden, so heißt das noch lange nicht, dass an meiner Schule dergleichen ebenfalls erlaubt ist! Und was ist das hier? Geben Sie mir das, Fräulein Schneider!« Frau Pohl grabschte nach Robert Beckers zerrissenem Blatt. »Wem gehört dieses Blatt?«

»Robert Becker!«, rief Lena. »Er hat darauf herumgekritzelt und mit seinem Bleistift ein Loch hineingebohrt und Finchen auch, Frau Pohl. Sie hat mit Robert Becker Batman gespielt, statt ihren Aufsatz zu schreiben.«

Finchen hielt den Kopf gesenkt und kniff die Augen fest zusammen.

»Finchen Schmitt!«, bellte Frau Pohl. »Fräulein Schneider, warum schläft dieses Kind im Unterricht?«

»Ich glaube nicht ...«, begann Fräulein Schneider.

»Finchen Schmitt! Setz dich aufrecht hin.«

Finchen setzte sich gerade hin.

»Hast du auf Robert Beckers Blatt herumgekritzelt?«

»Ja, aber ich ...« Finchen konnte vor lauter Angst nicht weitersprechen.

»Hast du mit Robert Becker Batman gespielt, statt an deinem Aufsatz zu arbeiten? Stimmt das?«

»Ja, aber nur…« Vor lauter Angst versagte ihr die Stimme.

»Hast du ohne Fräulein Schneiders Erlaubnis für Gerrit Graf ein sauberes Blatt Papier geholt, weil er seines verschmiert hat?«

Finchen blickte in Frau Pohls furchterregend rotes Gesicht, sah die wütend blitzenden Augen und hatte plötzlich einen Kloß im Hals. Sie wusste nicht, was sie tun sollte. Finchen hatte Fräulein Schneider nicht gesagt, was Gerrit mit dem Blatt getan hatte, weil sie nicht petzen wollte, und wenn Finchen nun Frau Pohl verriet, dass Fräulein Schneider ihr erlaubt hatte, Gerrit ein sauberes Blatt zu geben, dann wäre das nicht nur ungerecht, weil Fräulein Schneider ja nicht gewusst hatte, dass Gerrit sein sauberes Blatt bereits verbraucht hatte, sondern außerdem wäre das auch gepetzt. Fräulein Schneider war schon groß, und vielleicht war es ja ganz in Ordnung, alles zu sagen, aber Frau Pohl war noch viel größer, und Fräulein Schneider guckte ziemlich verschreckt. Finchen verriet nichts. Ihr war ganz übel.

»Ich warte auf eine Erklärung«, bellte Frau Pohl. »Es überrascht mich doch sehr, dass ausgerechnet du deine Zeit vertrödelst und herumspielst, statt zu arbeiten. Ich möchte sehen, was du geschrieben hast. Zeig mir dein Blatt.«

Finchen reichte ihr das Blatt.

In dem Klassensaal war es nun mucksmäuschenstill. Finchen hielt die Luft an und wartete darauf, dass Frau Pohl explodierte.

Und wie sie explodierte!

»Fräulein Schneider, haben Sie das hier gesehen?«

»Nein«, sagte Fräulein Schneider. »Noch nicht.«

»Nun, dann machen Sie sich auf eine Überraschung gefasst. Hatten Sie mir nicht erzählt, dass Finchen Schmitt die beste Aufsatzschreiberin der Klasse sei? Und dass sie auch sehr gut zeichnen könne? Und dann soll das hier das Werk eines ganzen Morgens sein? Eine Geschichte von zwei Zeilen und dieses hingeschmierte Gekritzel! Statt zu arbeiten, vertrödelst du offensichtlich lieber deine Zeit und tuschelst mit Lena oder spielst mit den Jungen. Was würde deine Mutter wohl sagen, wenn sie das hier sähe! Du bist ja ein richtiger Schmierfink, Finchen Schmitt, jawohl, das bist du! Sieh dir doch nur die hübsche Zeichnung von Lena an und die von Anna. Brave Mädchen. Nun gut. Jetzt arbeitet alle schön weiter. Und dass mir hier kein Papier mehr verschwendet wird. Vielen Dank, Fräulein Schneider!«

Frau Pohl marschierte aus dem Klassenraum.

In der Pause spazierte Finchen ganz allein über den Hof. Lena und Anna rannten hinter ihr her und riefen laut: »Finchen ist ein Schmierfink! Finchen ist ein Schmierfink!«

Nach dem Mittagessen taten sie es wieder und auch in der Pause am Nachmittag. Nach Schulschluss ging Finchen mutterseelenallein die Straße hinunter. Lena und Anna liefen aufgeregt hüpfend und springend den ganzen Weg hinter ihr her und riefen immerzu: »Schmierfink! Schmierfink! Finchen ist ein Schmierfink!«

»Was ist denn mit dir los?«, wollte die Mutter wissen, als Finchen ins Haus gestürmt kam.

»Mir ist kalt«, erklärte Finchen mit dünner Stimme. Ihr war wirklich kalt, und sie hatte Angst und war völlig durcheinander.

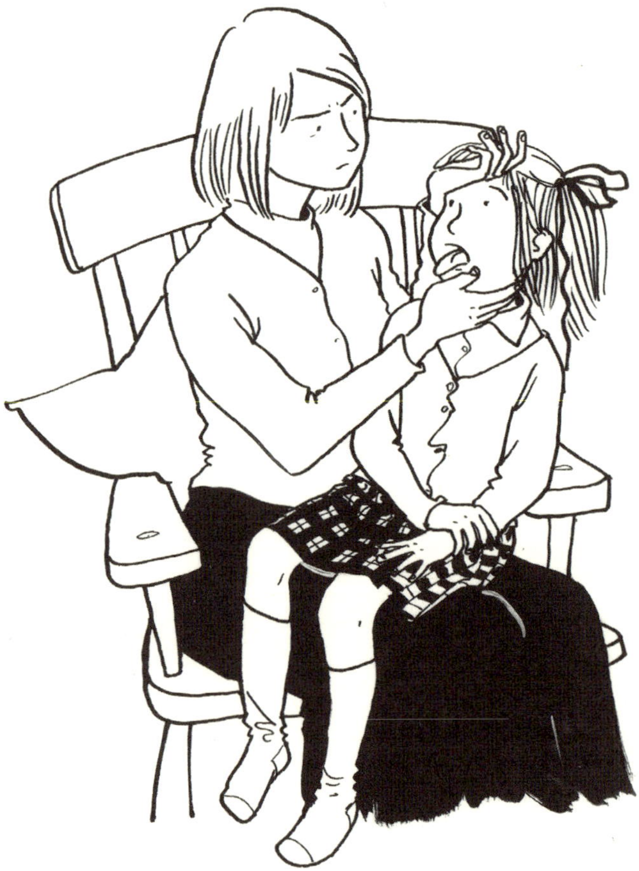

»Dann zieh erst einmal die Gummistiefel aus«, sagte Finchens Mutter, »und schlüpf in deine Pantoffeln. Gleich wird dir warm werden. Hol dir ein Glas Milch und einen Keks. Ich muss das hier noch rasch fertignähen.«

Finchen holte sich ein Glas Milch und einen Keks, aber sie konnte kaum schlucken, denn in ihrem Hals steckte ein riesengroßer Kloß. Es fühlte sich an, als hätte sie eine schlimme Mandelentzündung, dabei hatte sie gar keine Mandeln mehr. Sie wollte am liebsten auf dem Schoß ihrer Mutter sitzen und ihr erzählen, was Frau Pohl gesagt hatte, aber das konnte sie nicht. Ihre Mutter sollte nicht erfahren, dass sie ein Schmierfink war.

»Geht es dir gut?«, erkundigte sich die Mutter, ohne von der Näharbeit aufzusehen.

»Ich glaube schon«, sagte Finchen und kniff dabei die Augen fest zusammen.

»Hast du die Augen zusammengekniffen? Komm mal her und setz dich auf meinen Schoß.« Sie legte die Näharbeit zur Seite. Finchen setzte sich auf ihren Schoß, wo es kuschelig warm war.

»Um Gottes willen, Finchen!«, rief die Mutter erschrocken. »Du bist ja eiskalt. Hoffentlich wirst du mir nicht krank!« Sie legte die Hand auf Finchens Stirn und befahl Finchen, die Zunge rauszustrecken. »Vielleicht sollte ich doch besser mit dir zum Doktor gehen. Um fünf Uhr ist wieder Sprechstunde.«

»Ich will nicht zum Arzt!«, sagte Finchen. Sie wollte nicht, dass der Doktor erfuhr, dass sie ein Schmierfink war. Der Doktor fand nämlich, sie sei klug.

»Du bist ja ganz durcheinander«, stellte die Mutter fest.

Finchen nickte und kuschelte den Kopf ganz fest in den warmen Pullover ihrer Mutter.

»Hast du dich mit Lena gestritten?«

Finchen nickte wieder.

»Aber wegen Lena bist du doch nicht so durcheinander. Hast du Ärger in der Schule?«

Finchen nickte wieder.

»Und strengst du dich gerade sehr an, dir das Weinen zu verkneifen?«

Finchen nickte.

»Weißt du, ich will nicht, dass du so eine Heulsuse wirst wie Lena oder Gerrit, aber jetzt darfst du ruhig ein wenig auf mei-

nem Schoß weinen, und wenn du erst einmal diesen großen Klumpen in deinem Hals fortgeschwemmt hast, dann kannst du mir alles der Reihe nach erzählen.«

Finchen verbarg das Gesicht im warmen Pullover ihrer Mutter und weinte. Die Mutter hielt sie ganz fest, und schließlich, als der Klumpen im Hals fort war, hörte sie auf zu weinen.

Die Mutter streichelte Finchen über den Kopf. »Was hat dich denn so schrecklich geärgert?«

»Ich will kein Schmierfink sein.« Und wieder schossen Finchen ein paar Tränen aus den Augenwinkeln.

»Du bist auch kein Schmierfink.«

»Aber Frau Pohl hat gesagt, dass ich einer bin.«

»Und warum hast du Frau Pohl nicht verraten, dass Lena dein Blatt vollgeschmiert hat und nicht du?«

»Weil ich nicht petze.«

»Nun ja, du hättest ihr doch sagen können, dass du es nicht gewesen bist, ohne Lena dabei zu verpetzen. Aber im Grunde ist das nicht wichtig: Du hast dein Blatt nicht vollgekritzelt, und du hast nicht gepetzt. Wen kümmert es da, wenn dich jemand Schmierfink nennt.«

»Und wenn Frau Pohl das sagt?«

»Auch dann sollte es dich nicht weiter kümmern. Wer nicht petzen will, muss so etwas einstecken können. Frau Pohl wird schon sehr bald feststellen, dass du kein Schmierfink bist, Finchen.«

»Und wie?«

»Rutsch mal kurz runter.«

Finchen rutschte vom Schoß ihrer Mutter, die Finchens Bild von Lena im blaukarierten Kleid holte. »Sieh dir das an«, sagte Finchens Mutter, »nicht das winzigste Farbkleckschen zu entdecken, auf dem ganzen Bild nicht. Ein Schmierfink bringt so etwas nicht zustande, findest du nicht auch?«

»Ja, schon, aber …«

»Gut. Du darfst das Bild heute fertigmalen, und dann kannst du es morgen mit in die Schule nehmen.«

»Eine tolle Idee. Aber … Mama … in der Geschichte, die ich in der Schule geschrieben habe, war Lena eine Prinzessin, und sie sollte eine goldene Krone bekommen, aber Lena hat mir den goldenen Filzstift nicht geliehen, und ich habe kein Gold in meinem Farbkasten.«

»Hol dein Bastelpapier«, sagte die Mutter.

Finchen malte die kleinen weißen Quadrate von Lenas Kleid leuchtend rot aus. Dann schnitt sie aus Schokoladenpapier eine goldene Krone aus, die glitzerte und glänzte, viel schöner als Filzstiftgold. Das Bild war so schön geworden, und Finchen war so glücklich, dass sie darüber die Sache mit dem Schmierfink ganz vergessen hatte. »Mama, ich nehme das Bild lieber nicht mit in die Schule, dann darf ich morgen noch eins malen. Und außerdem spiele ich morgen den ganzen Tag lang nicht mit Lena, weil sie wirklich gemein zu mir war. Aber wenn ihre Mama ins Krankenhaus geht und sie zu uns kommt, darf ich ihr dann dieses Bild schenken?«

»Weil sie so gemein ist?«

»Nein, weil sie meine beste Freundin ist!«

Krach mit Lena

Ist sie fertig?«, rief Lena am nächsten Morgen durch die geöffnete Briefklappe.

»Bind dir den Schal um«, sagte Finchens Mutter.

»Omanno! Ich kann doch die Kapuze aufziehen«, sträubte sich Finchen.

»Bind dir den Schal um und komm her.«

»Och Mama. Der kratzt doch so, und eine Angina kann ich doch nicht mehr bekommen, weil ich keine Mandeln mehr habe.«

»Nimm den Schal«, sagte Finchens Mutter. »Du kannst dir noch immer eine Erkältung mit Husten und Schnupfen holen. Es ist kalt. Hast du schon wieder die Handschuhe verloren?«

»Nein«, sagte Finchen, kniff dabei ein Auge fest zu, zog einen braunen Handschuh aus der Manteltasche und zog ihn an.

»Und was ist das hier?«, wollte Finchens Mutter wissen und reichte ihr den anderen braunen Handschuh. »Der lag hinter der Hintertür bei den Gummistiefeln.«

»Kommst du jetzt endlich?«, rief Lena wieder und ratterte an der Briefklappe.

»Meinst du nicht auch, dass es das Beste wäre, wenn du dich mit Lena gleich auf dem Weg zur Schule wieder vertragen würdest?«, schlug Finchens Mutter vor. »Sonst musst du die Pausen ganz alleine verbringen und bläst den ganzen Tag lang Trübsal. Früher oder später verträgst du dich sowieso wieder mit ihr, weil sie deine beste Freundin ist. Da wäre es doch Blödsinn, sich den ganzen Tag lang schlecht zu fühlen und sich herumzuquälen.«

»Ich weiß, aber was ist, wenn sie sich nicht mit mir vertragen will?«

»Sei einfach nett zu ihr, dann wird sie schon wollen. Und denk dran, heute Nachmittag bin ich bei Frau Asche. Sie muss das neue Kleid anprobieren, das ich für sie nähe, und Lenas Mutter geht mit Lena ein Geschenk kaufen. Deswegen sollst du heute mit zu Jakob Kunstmann. Frau Kunstmann hat gesagt, du kannst zum Abendessen dort bleiben, wenn du magst … bind den Schal richtig um.«

»Hab ich doch.«

»Halt still.«

Finchens Mutter wickelte den kratzigen Schal eng um Finchens Hals und knotete ihn richtig zu. »Du kannst nach der Schule zusammen mit Jakob heimlaufen. Das gefällt dir doch bestimmt.«

»Kann ich nicht«, widersprach Finchen.

»Warum nicht? Du willst ihn doch heiraten, wenn du groß bist, oder hast du dir das inzwischen anders überlegt?«

»Nein, hab ich nicht, aber ich kann nicht mit ihm zusammen heimgehen. Er ist in der vierten Klasse und schon zehn, und außerdem ist er bestimmt mit dem Fahrrad da.«

Lena lärmte mit der Briefklappe. »Kommt sie nun endlich?«

Finchen eilte zur Haustür.

»Denk an Frau Asches Anprobe heute Nachmittag!«, rief

Finchens Mutter hinter ihr her. »Vergiss es nicht wieder! Und vertrag dich mit Lena!«

Vor der Haustür wartete Lena in einem rosafarbenen Steppmantel und mit neuen Fausthandschuhen aus weißem Leder. Lena verlor nie ihre Handschuhe, weil sie von einem langen Wollband zusammengehalten wurden, das durch die Mantelärmel führte.

»Ich habe aber neue Handschuhe und du nicht«, sagte Lena. Sie gingen die Straße hinunter.

Finchen versenkte die Hände mit den braunen Handschuhen in den tiefen Taschen ihres tarnfarbengrünen Anoraks und sagte kein Wort. Sie wollte etwas Nettes sagen, um sich wieder mit Lena zu vertragen, aber ihr fiel nichts ein. Sie kamen an Herrn Schuhmachers Schrebergarten vorbei, wo die Hühner mit dem glänzenden Gefieder fröhlich gackerten und in der kalten Erde nach Würmern scharrten. Herr Schuhmacher war nicht zu sehen, aber sie konnten seine Pfeife und seinen Kohl riechen. Finchen dachte angestrengt nach, sie wollte Lena eine Freude machen, aber ihr fiel einfach nichts ein. Sie erreichten die Schule und gingen in den Schulhof, wo die anderen Kinder bereits vergnügt tobten. Finchen versuchte noch immer angestrengt, sich etwas Nettes für Lena einfallen zu lassen, aber es wollte ihr einfach nicht gelingen. Als schließlich die Schulglocke ertönte, stellten sie sich auf, und Finchen hatte noch immer nicht die richtigen Worte für eine Versöhnung mit Lena gefunden. Das machte sie schrecklich unruhig. Wenn ihr bis zur Pause nichts eingefallen war, dann müsste sie ganz allein spielen, und sie würde traurig sein.

Nach dem Morgengebet sangen sie *Sonne, liebe Sonne scheine,* und Frau Pohl bellte sie alle an. Jakob Kunstmann musste vorne aufs Podium, obwohl es gar nicht sein Geburtstag war. Jeder, der Geburtstag hatte, musste nach oben auf das Podium und bekam ein Geburtstagslied gesungen. Finchen würde Jakob Kunstmann einmal heiraten, deshalb wusste sie, wann er Geburtstag hatte. Sie überlegte, ob sie Lena vielleicht eine Karte basteln sollte, so ähnlich wie eine Geburtstagskarte, die aber eine ›Lass-uns-wieder-Freundinnen-sein‹-Karte werden sollte. Aber dann fand sie die Idee blöd. Anna musste aufs Podium, und Frau Pohl schimpfte mit ihr, weil sie so viele Armreifen trug. Schließlich durften die Kinder in die Klassenzimmer zurückkehren. Finchen war noch immer nichts eingefallen.

Fräulein Schneider rief die Namen der Schüler auf, und Finchen legte die Stirn in Falten, weil sie so angestrengt nachdachte. Als Fräulein Schneider mit ihnen zusammen gelesen hatte, gingen Finchen, Lena und Gerrit gemeinsam nach vorne.

Finchen stand auf der einen Seite des Lehrerpultes und las ganz alleine laut vor. Lena stand auf der anderen Seite des Pultes. Sie las ganz langsam, und jedes Mal, wenn sie stockte, half Fräulein Schneider ihr weiter. Gerrit stand direkt neben Fräulein Schneider, zeigte mit dem Zeigefinger auf das Blatt, rief »Haus!« und drehte dann das Blatt um.

»Sehr schön, Gerrit«, lobte Fräulein Schneider. »Und wer ist das auf der nächsten Seite?«

»Haus!« rief Gerrit.

»Nein«, sagte Fräulein Schneider. »Sieh dir das Bild an.«

»Mutter!«, rief Gerrit und blätterte weiter.

»Guter Junge. Finchen, warum liest du nicht weiter?«

»Ich habe das Buch zu Ende gelesen«, sagte Finchen.

»Finchen, komm doch noch mal kurz zu mir«, rief Fräulein Schneider, als sie fertiggelesen hatten und wieder an ihre Plätze zurückkehren durften. »Ist mit dir alles in Ordnung?«

»Ja«, sagte Finchen.

»Aber du machst ein Gesicht wie sieben Tage Regenwetter«, sagte Fräulein Schneider. »Das kenne ich von dir überhaupt nicht. Ist dir eine Laus über die Leber gelaufen?«

»Nein«, sagte Finchen. »Ich denke nur nach.« Aber ihr war noch immer nichts eingefallen.

»Dann geh und such dir ein Buch aus«, sagte Fräulein Schneider.

Als sie rechnen mussten, sollten sie Zehner und Einer zusammenzählen. Finchen war so angestrengt mit Nachdenken beschäftigt, dass sie ganz vergaß, zu überlegen, welche Zahl sie hinschreiben und welche sie im Kopf behalten musste. Es war reiner Zufall, dass sie keinen einzigen Fehler machte, aber eingefallen war ihr noch immer nichts.

In der Pause stand sie mit gekrauster Stirn ganz allein beim Geländer und gab sich noch einmal so richtig Mühe beim Nachdenken. Sie hätte Lena gern ein Geschenk gekauft, aber sie hatte

kein Geld. Sie hätte Lena gern ein Bonbon geschenkt, aber als sie ihre Jackentaschen durchwühlte, fand sie nur ein leeres Bonbonpapier und ein paar Fusseln. Sie hätte Lena gerne ihre neuen Buntstifte geliehen, als sie noch schön spitz gewesen waren und sie auch noch blütenweiße Blätter zum Malen gehabt hatte. Aber die Buntstifte waren nur noch Stummel, Papier hatte sie auch keines mehr, und der orangefarbene Stift war sogar abgebrochen. Finchen legte die Stirn in noch mehr Falten und dachte noch angestrengter nach.

Anna kam auf sie zu. »Wenn du Lenas neue Pelzhandschuhe anprobieren möchtest, musst du mich fragen«, erklärte sie ihr.

Finchen reagierte nicht darauf. Sie mochte Anna nicht besonders, aber den gelben Pulli und auch die Armreifen fand sie sehr hübsch.

Nach der Pause durften die Kinder, die bereits fertiggerechnet hatten, ein Bild malen. Finchen malte eine Schneeballschlacht mit einem Pinguin … und dachte noch immer angestrengt nach. Jemand schob ihr etwas auf das Blatt. Als sie aufsah, erkannte sie Annas Hand mit den Armreifen. Anna schob etwas zu ihr hin. Lenas nagelneue Filzstifte. »Wenn du mit Lenas Filzstiften malen willst, musst du mich fragen«, flüsterte ihr Anna ins Ohr.

Finchen reagierte nicht darauf, weil sie noch immer angestrengt nachdachte. Sie schob die Filzstifte aus dem Weg und malte ihr Bild fertig. Doch es war ihr noch immer nichts Nettes für Lena eingefallen. Das machte ihr inzwischen schlimme Sorgen. Erst als Essensdüfte durch das Schulhaus zogen, merkte Finchen, dass sie richtig Hunger hatte.

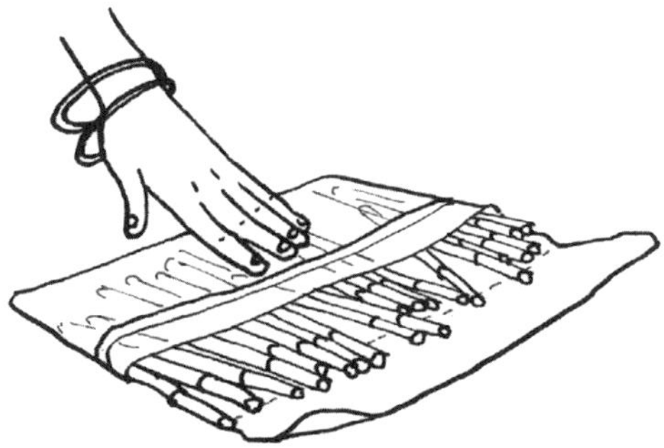

Da fing Lena an zu weinen.

»Muuuhäää!«, jammerte Lena. »Muuuhäää!«

»Was ist denn mit dir los?«, fragte Fräulein Schneider.

»Muuuhäää!«, jammerte Lena.

»Was hat Lena denn?«, wollte Fräulein Schneider nun von Finchen wissen.

»Keine Ahnung«, sagte Finchen.

»Ich weiß, was Lena hat, Fräulein Schneider«, mischte sich Anna ein. »Sie ist so traurig, weil Finchen mit ihr böse ist und in der Pause nicht mit ihr gespielt hat! Sie hat nicht einmal mit

Lena spielen wollen, als sie ihr dafür die neuen, weißen Pelzhandschuhe leihen wollte! Finchen hat gesagt, sie wären schrecklich und sie wolle sie noch nicht einmal anprobieren. Darum weint Lena! Und dann wollte Lena ihr die neuen Filzstifte leihen, wenn Finchen sich nur wieder mit ihr verträgt, aber als ich Finchen das gesagt habe, wollte sie nicht und hat sie einfach beiseite geschoben. Sie hat gesagt, dass Filzstifte stinken, und darum weint Lena jetzt wieder!«

»Finchen, komm doch bitte einmal her zu mir«, befahl Fräulein Schneider. »Hast du mit Lena Streit?«

»Ja«, sagte Finchen und guckte ganz besorgt, »aber …«

»Und wollte Lena dir wirklich die neuen Pelzhandschuhe leihen?«

»Nein«, antwortete Finchen verunsichert und versuchte mit aller Macht, sich zu erinnern. »Ich meine ja … ich glaube, vielleicht, aber …«

»Finchen! Sind deine Augen offen, oder kneifst du sie zu? Hast du wirklich gesagt, dass Lenas Filzstifte stinken?«

»Ja«, gab Finchen zu, denn gestern hatte sie das tatsächlich gesagt

»Das war es also!«, sagte Fräulein Schneider. »Als ich dich vor der Pause gefragt habe, welche Laus dir über die Leber gelaufen sei, da hast du gesagt, du würdest nachdenken. Du hast über Lena nachgedacht, nicht wahr?«

»Ja«, gab Finchen mit sehr leiser Stimme zu, »aber …«

»Muuuhäää!«, jammerte Lena. Am liebsten hätte Finchen auch zu weinen angefangen, aber sie tat es nicht.

»Geh und setz dich wieder«, sagte Fräulein Schneider. »Das hätte ich nicht von dir gedacht.«

Finchen ging an ihren Platz zurück und setzte sich. Lena weinte noch immer heftig.

»Das reicht jetzt, Lena«, befahl Fräulein Schneider. »Kinder! Zurück an die Arbeit! Alle!«

Finchen hatte einen dicken Kloß im Hals und wusste nicht, was sie machen sollte. Sie überlegte, ob sie Lena malen helfen sollte, aber Lena hatte ihr den Rücken zugewandt und flüsterte aufgeregt mit Anna.

Zu Mittag gab es Kartoffelbrei und Bohnen mit Speck, Finchens Lieblingsspeise, aber sie hatte einen dicken Kloß im Hals, weil sie so allein war, und so wurde der Kartoffelbrei kalt und der Milchreis auch, den es ohne Zimt zum Nachtisch gab.

Draußen auf dem Schulhof sah Finchen den anderen beim Spielen zu. Es war ein grauer, kalter Tag. Die Kinder schrien und tobten, und Finchen hatte die Nase gestrichen voll. Die großen Jungen spielten Fußball am anderen Ende des Schulhofs, weil Frau Pohl gesagt hatte, dass sie nie mehr Fußball spielen dürften, wenn eines der Vorschulkinder noch mal einen Ball abbekommen würde.

Fräulein Schneider hatte Aufsicht, und Anna und Lena gingen mit ihr Händchen haltend den Schulhof auf und ab. Finchen wollte am liebsten nach Hause, aber bis die Schule aus war, würde es noch Ewigkeiten dauern. Sie setzte sich auf den Mauervorsprung am Fuße des Geländers, umfasste die Gummistiefel und hauchte ihre blaurot verfärbten Knie an, um sie ein wenig zu wärmen.

»Finchen? Was machst du denn da ganz allein? Steh auf«, ertönte da plötzlich eine Stimme über ihr.

Finchen stand auf.

Fräulein Schneider! »Ich möchte, dass du mit Anna und Lena spielst, und zwar ohne Zank und Streit. Ist das nicht eine glänzende Idee?«

»Ja«, sagte Finchen und fühlte sich schon viel besser.

»Denkt daran, was ich euch gesagt habe«, Fräulein Schneider sah Anna und Lena an. »Lasst euch ein Spiel einfallen, das ihr drei zusammen spielen könnt, verstanden?«

»Ja, Fräulein Schneider«, antworteten Lena und Anna im Chor.

Aber als Fräulein Schneider auf der Pfeife pfiff und davonlief, um einem kleinen Kind aufzuhelfen, das gestürzt war, kniff Anna Finchen in den Handrücken und zwar richtig fest. »Das ist dafür, weil du nicht mit mir gespielt hast«, sagte Lena.

»Und nach der Schule kriegen wir dich«, sagte Anna. »Die anderen aus der Klasse helfen uns, die sind alle auf unserer Seite.«

»Sind sie nicht«, sagte Finchen. »Tahara ist nicht auf eurer Seite, weil ich sie zu Hause besuche und mit ihr spiele, und Robert Becker auch nicht. Er findet, ihr seid Heulsusen, und Gerrit Graf auch nicht, weil ich ihm immer bei den Aufgaben helfe.«

»Ja und? Das ist doch alles Schnee von gestern«, lachte Anna. »Jetzt halten sie alle zu uns, Lena hat nämlich Bonbons mitgebracht, weil sie sich mit dir wieder vertragen sollte. Hat ihre Mutter gesagt. Sie hat allen welche versprochen, und darum werden sie uns helfen, dich zu kriegen.«

»Na und!«, sagte Finchen. Doch sie hatte jetzt richtig Angst bekommen. »Ihr lasst mich besser zufrieden, denn sonst kriegt ihr es mit Jakob zu tun, und der ist schon zehn und hat ein eigenes Fahrrad, ätsch, bätsch!«

Jakob Kunstmann musste zu Finchen halten, denn sie hatte einmal seine Katze Betty gerettet, als sie sich verirrt hatte, und er hatte Finchen Rotbart geschenkt, und überhaupt mochte er Lena nicht leiden, weil sie immerzu weinte.

»Na und, dann hat er eben ein eigenes Fahrrad«, sagte Lena. »Ich habe ihm auch Bonbons versprochen, und er hat gesagt, dass niemand dich heiraten will, weil du braunes Haar hast und einen Mantel, der aussieht, als sei er in den Dreck gefallen. Er wird mich heiraten, weil ich blonde Locken habe, und er hat mir das Armband hier geschenkt, das er gefunden hat. Sieh doch.«

Lena zog den weißen Pelzhandschuh aus und hielt Finchen die rechte Hand mit dem roten Nagellackklecks auf dem Daumen hin. Ein silbernes Armband baumelte an ihrem Handgelenk.

Finchen hielt die Luft an und versuchte mit aller Macht, die Tränen zurückzuhalten. Da ertönte die Schulglocke. Sie lief ganz nach vorn in die Schlange, in die Nähe von Fräulein Schneider, wo niemand sie kriegen konnte, aber sie hatte arges Bauchweh, und sie weinte ein wenig. Finchen hatte keine Angst zu kämpfen, denn darin war sie gut, aber sie konnte nicht gegen alle Kinder ihrer Klasse antreten, und sie hatte auch keine Bonbons, die sie den Kindern geben konnte, und Jakob Kunstmann hatte gesagt, dass er sie heiraten wollte, weil sie so hart im Nehmen war und weil sie Betty gerettet hatte. Er hatte es ihr versprochen! Und jetzt wollte er auf einmal Lena heiraten. Finchen wünschte, sie hätte auch einen rosafarbenen Mantel, aber selbst mit einem rosafarbenen Mantel hätte sie noch immer keine blonden Locken, und darum würde sie sowieso nie im Leben jemand heiraten wollen.

Den ganzen Nachmittag über arbeitete Finchen allein. Der Bauch tat ihr weh und weher, und der Kloß in ihrem Hals wurde dicker und dicker. Aber sie hörte auf zu weinen. In der Nachmittagspause lief Robert Becker an ihr vorbei, den Mantel als Batman-Umhang um den Hals gebunden. Gerrit Graf lief hinter ihm her und blieb bei Finchen stehen.

»Nach der Schule gibt es einen Riesenkampf«, sagte er. »Wir kommen alle und kriegen dich, und dann schenkt uns Lena ganz viele Bonbons.«

»Na und«, sagte Finchen.

Gerrit rannte davon.

»Auf Wiedersehen, Fräulein Schneider«, verabschiedete sich die Klasse bei Schulschluss. Finchen schnappte sich ihren Mantel, vergaß aber den Schal und stürzte zur Tür.

Da tauchte plötzlich Frau Pohl auf. »Haltet dieses Kind auf!«

Sie befahl Finchen zurückzukommen und ruhig und ordentlich im Gänsemarsch mit den anderen hinauszugehen. Im Schulhof ging Finchen ein wenig schneller zum Tor, aber sie rannte lieber nicht, für den Fall, dass Frau Pohl sie noch beobachtete.

Von hinten drang Lenas Stimme an ihr Ohr: »Ich gebe jedem von euch zwei Bonbons, aber dafür müsst ihr das Gleiche hinter ihr herrufen wie wir. Und dann schnappen wir sie uns.«

Kaum hatte sie die Ecke erreicht, nahm Finchen die Beine in die Hand. Jetzt konnte Frau Pohl sie nicht mehr sehen, und es war gar nicht mehr weit bis zu Herrn Schuhmacher. Die Gummistiefel polterten laut auf dem Pflaster, und in ihrer Brust dröhnte es: Bum! Bum! Bum! Vor lauter Luftschnappen konnte sie überhaupt nicht weinen. Als sie endlich den Schrebergarten von Herrn Schuhmacher erreicht hatte, blieb sie stehen.

»Hapüüh! Hapüüh! Hapüüh!«, schnappte sie nach Luft. Sie hätte sich gerne im Hühnerstall versteckt, aber es roch überhaupt nicht nach Pfeife. Die Hühner waren alle noch im Stall, und das Tor war verschlossen. Finchen rannte weiter.

Sie konnte die anderen schon kommen hören.

»Finchen ist ein Schmierfink!«, rief Lena.

»Finchen ist ein Schmierfink! Finchen ist ein Schmierfink!«, riefen die anderen im Chor.

»Hapüüh! Hapüüh! Hapüüh!«

»Braunhaar, Dreckmantel!«, rief Lena.

»Braunhaar, Dreckmantel! Braunhaar, Dreckmantel!«, riefen die anderen im Chor.

Finchen rannte schneller und schneller.

»Hapüüh! Hapüüh! Hapüüh!« Da stürzte sie. Platsch!

Sie schlug sich beide Knie auf, dass sie bluteten, und an der Hand und an der Stirn hatte sie sich ebenfalls böse aufgeschürft. Finchen rappelte sich wieder hoch, um weiterzurennen, aber sie stolperte und wäre beinahe wieder gefallen, als sie jemand am Mantel festhielt. Finchen kniff die Augen ganz fest zusammen und wartete auf einen Tritt oder Knuff.

»Pass auf!«, warnte sie eine freundliche Stimme. »Mach langsam, sonst fällst du wieder.« Jakob Kunstmann stand mit seinem Fahrrad vor ihr, eine Hand hatte er am Lenker, mit der anderen hielt er Finchen am Mantel fest.

»Du kannst doch jetzt nicht einfach weiterrennen«, sagte Jakob. »Hast du dich am Kopf verletzt?«

Finchen hielt den Kopf gesenkt. Sie wollte nicht, dass Jakob sie so sah, denn ihr Gesicht war bestimmt schmutzig. Sie zupfte an den Haaren, um die Schürfwunde unter dem Pony zu verstecken. Dann zog sie die Handschuhe aus der Tasche, um die schmutzige, blutende Hand zu verstecken, aber die tat nun so weh, dass sie den Handschuh fallen ließ. Sie hätte am liebsten geweint, weil sie braunes Haar hatte und einen schmutzfarbenen Mantel, aber sie konnte nicht, weil ihr die Knie, der Kopf und die Hand so arg weh taten, dass sie keine Luft mehr bekam. Sie wollte, dass Jakob Kunstmann auf seinem Fahrrad so schnell wie möglich wieder verschwand. Er sollte nicht hören, wie die anderen ›Schmierfink‹, ›Braunhaar‹ und ›Dreckmantel‹ hinter ihr herriefen. Aber Jakob blieb an ihrer Seite, trat langsamer als eine Schnecke in die Pedale. Finchen ging noch langsamer, weil ihr die Knie so weh taten.

»Was ist denn los?«, wollte Jakob wissen. Da ertönte ein Riesenlärm hinter ihnen, und die Kinder aus Finchens Klasse kamen angerannt, holten sie ein und schrien dabei, so laut sie konnten.

Aber sie riefen nicht Schmierfink und auch nicht Braunhaar und auch nicht Dreckmantel.

Robert schrie Batman, wie er es immer tat. Gerrit machte bruuuummm, bruuummm, bruuummm wie ein Auto und Lena weinte muuuhäää!

Die anderen schrien nur jaaaahaaaa! aaaahaaaa! aaaahaaaa!, bogen am Ende der Straße um die Ecke und verschwanden.

»Lass mich mal sehen«, sagte Jakob und stieg vom Rad.

»Deine Knie bluten ja«, stellte er besorgt fest.

Finchen blickte nach unten. Aus den offenen Wunden an beiden Knien liefen lange, schmale Rinnsale Blut hinunter in die Gummistiefel. Ein paar Tropfen Blut waren sogar auf dem Bürgersteig zu sehen.

»Und an der Stirn blutest du auch«, sagte Jakob. »Himmel, du bist ja wirklich hart im Nehmen.«

»Das stimmt«, sagte Finchen stolz, »und meine Hand blutet auch.«

»Komm, setz dich auf die Stange«, schlug Jakob vor. »Ich fahre dich nach Hause.«

Finchen setzte sich auf die Stange.

»Halt dich gut fest«, sagte Jakob, »es geht bergab, und es ist ziemlich holprig. Ich fahre langsam. Hast du Angst?«

»Nein«, sagte Finchen mit fest zusammengekniffenen Augen. Sie hielt sich gut fest, mit einer Hand an Jakobs Mantel und mit der anderen am Lenker. Es war ziemlich holprig, aber sie merkte, dass Jakob nur ganz langsam in die Pedale trat. Sein Fahrrad hatte eine richtige Gangschaltung. Finchen fühlte sich sicher und geborgen, und die Schmerzen an den Knien, den Händen und dem Kopf machten ihr gar nichts mehr aus, denn Jakob hatte gesagt, sie sei hart im Nehmen.

Sie fuhren an Finchens Haus vorbei. Finchen kümmerte es nicht. Sie mochte es, auf der Stange mitzufahren, und sie konnte von Jakob nach Hause laufen, das waren nur ein paar Meter die Straße hinunter. Als sie vom Fahrrad abstiegen, meinte Jakob bewundernd: »Da brauchst du ja mindestens vier Pflaster!

Ich hatte noch nie vier Pflaster auf einmal, nicht mal, als ich vom Rad gestürzt bin. Da habe ich mir den Arm aufgeschürft, und meine Mutter musste mir die kleinen Steinchen und den ganzen Schmutz mit einer Pinzette aus der Wunde holen.«

Plötzlich machte es in Finchens Brust ganz laut: Bum! Bum! Bum! Schlagartig war es ihr wieder eingefallen! Sie konnte ja gar nicht nach Hause gehen und sich die Wunden versorgen lassen, weil ihre Mutter nicht da war. Finchen konnte nicht mehr sagen, warum sie nicht zu Hause war, aber sie erinnerte sich genau daran, dass ihre Mutter sie ermahnt hatte, sie solle es nicht vergessen. Finchen hatte es trotzdem vergessen. Und sie konnte nicht zu Lena, weil Lena weinend nach Hause gelaufen war und sie sich noch immer nicht wieder vertragen hatten. Ihre Mutter hatte gesagt, dass sie sich mit Lena wieder vertragen müsse, daran erinnerte sie sich, aber sie hatte es nicht getan. ›Vergiss es nicht wieder‹, hatte ihre Mutter gesagt, ›vergiss es nicht.‹ Die Knie taten ihr auf einmal schrecklich weh, weil ihre Mama nicht da war, um ihr Pflaster daraufzukleben, und sie wusste nicht mehr warum, und in ihrer Brust machte es ganz laut: Bum! Bum! Bum!

Die Haustür von Jakobs Haus wurde geöffnet. Jakobs Mutter stand dort und blickte Finchen besorgt an. »Was um Himmels willen ist denn mit dir passiert?«

»Sie ist die Straße hinuntergerannt und hingefallen«, erklärte Jakob.

Finchen sagte nichts.

»Komm rein, Finchen«, sagte Jakobs Mutter, »und du bringst das Fahrrad bitte nach hinten.«

Jakob fuhr auf dem Rad davon, und Finchen ging ins Haus.

Sie gingen in die Küche. Im Ofen brutzelte etwas, und Jakobs Mutter hatte gebügelt.

»Ich hab schon nach dir Ausschau gehalten«, erklärte sie. »Sicherheitshalber, falls du es vergessen hast. Deine Mutter hat gesagt, dass du manchmal Sachen vergisst. Stimmt das?«

»Manchmal schon«, räumte Finchen ein.

»Zieh den Mantel aus«, sagte Jakobs Mutter.

Jakob kam zur Hintertür hinein.

»Lauf bitte nach oben und bring mir den Erste-Hilfe-Kasten«, bat sie Jakob. Dann hob sie Finchen hoch und setzte sie auf die Arbeitsplatte neben der Spüle. Jakob brachte den Erste-Hilfe-Kasten, der ganz weiß war und oben ein rotes Kreuz hatte, und seine Mutter nahm ein paar Wattetupfer heraus.

»Zuerst muss ich die Wunden säubern«, erklärte sie, »und auf die Wunden an den Knien muss ich wohl ein wenig Jod geben. Wirst du weinen müssen?«

»Nein«, sagte Finchen mit weit geöffneten Augen. Sie konnte nicht weinen, denn Jakob war da, und der glaubte schließlich, sie sei hart im Nehmen.

Jakobs Mutter reinigte zuerst die Stirn und dann die Hand.

»Es reicht, wenn ich ein wenig Wundsalbe auf die Wunde auf deiner Stirn gebe«, erklärte sie. »Geschafft. Das fühlt sich richtig gut an und tut doch überhaupt nicht weh, oder?«

»Ja«, sagte Finchen, »und es riecht wirklich gut.«

»Ich denke, dass wir deine Hand auch so behandeln können. So, fertig.« Jakobs Mutter blickte Finchen prüfend an. »Ich kann dir auch Pflaster darauf machen, wenn du magst. Dann bleibt die Wunde sauber. Hättest du gerne eines?«

»O ja, bitte«, sagte Finchen erfreut.

»Das dachte ich mir«, sagte Jakobs Mutter und wählte zwei große, viereckige Pflaster aus.

»Dann wollen wir uns jetzt einmal deine Knie anschauen.« Ganz vorsichtig wusch sie Finchen die Wunden an den Knien mit den Wattetupfern und ein wenig Wasser aus. Sie bluteten immer noch, aber Finchen weinte nicht.

Jakobs Mutter nahm ein paar saubere Wattetupfer und tränkte sie mit Jod. Finchen hielt die Luft an. Jakobs Mutter presste die Tupfer zusammen, und das Jod tropfte auf die Knie.

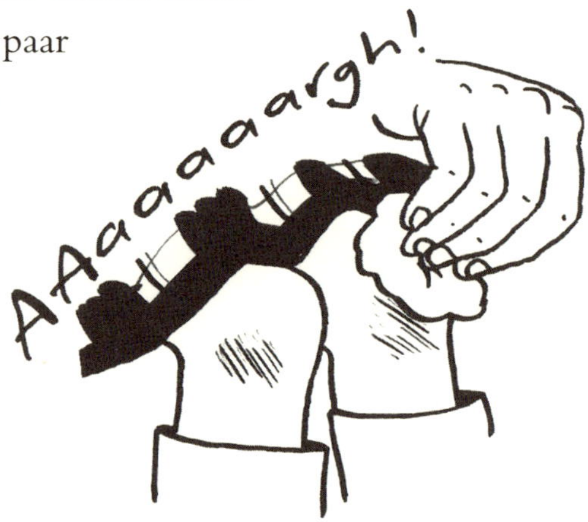

In Finchens Kopf ertönte ein lauter Schrei: ›AUUUUUU! AUUUUUU!‹, aber außer ihr konnte niemand diesen Schmerzensschrei hören. Finchen weinte nicht.

»Du bist aber ein tapferes Mädchen«, sagte Jakobs Mutter. »So, jetzt müssen wir nur noch ein Pflaster draufmachen.«

Die Wunde an Finchens Knie brannte und brannte, aber Finchen machte das gar nichts aus, weil Jakob gesehen hatte, wie tapfer sie war, und das war viel, viel wichtiger.

Dann fiel ihr plötzlich etwas anderes ein, was ihr auch sehr weh getan hatte: Anna, die ihr in die Hand gekniffen hatte, und das, was Lena gesagt hatte: ›Er hat gesagt, dass keiner dich heiraten will. Er wird mich heiraten, weil ich blonde Locken habe.‹ Finchen hatte plötzlich ganz schlimmes Bauchweh und hätte am liebsten zu weinen angefangen.

»Die müssten reichen«, sagte Jakobs Mutter und nahm zwei weitere Pflaster aus dem Kasten. »Die sollten groß genug sein. »Weißt du noch, was ich dir heute Morgen aufgetragen habe?«, fragte sie Jakob, während sie das erste Pflaster auf die Wunde klebte.

»Keine Ahnung, was du meinst.«

»Ich rede von dem Armband, das du im Schulhof gefunden hast, du solltest es Frau Pohl oder Frau Ansorge geben. Ich glaube, es war echtes Silber.«

Finchens Knie brannten nun so schrecklich, dass ihr Tränen

in die Augen schossen, denn ihr fiel wieder ein, wie Lena gesagt hatte, dass Jakob ihr das Armband geschenkt hatte.

»Was ist denn nun auf einmal mit dir los?«, erkundigte sich Jakobs Mutter besorgt. »Du wirst doch jetzt, wo alles vorbei ist, nicht noch zu weinen anfangen, oder?« Finchen schüttelte den Kopf und senkte ihn rasch, damit niemand sehen konnte, wie fest sie die Augen zusammengekniffen hatte.

»Das verstehe ich nicht«, wunderte sich Jakobs Mutter. »Ich weiß, dass die meisten Kinder weinen, wenn die Pflaster abgezogen werden, aber ich habe noch nie gehört, dass ein Kind weint, weil es ein Pflaster bekommen hat. Brennt das Jod vielleicht noch immer?«

Finchen nickte, hielt den Kopf aber tief gesenkt und versuchte angestrengt, die Tränen zurückzuhalten.

»Es war kein echtes Silber«, sagte Jakob da.

Im Kopf hörte Finchen wieder, wie Lena sagte, dass sie blondes Haar habe. Ihre Knie brannten und brannten, in ihrem Kopf schrie es laut ›AUUUUUU!‹, und Tränen schossen ihr aus den Augen.

»Wie dem auch sei, es war ein recht hübsches Armband«, sagte Jakobs Mutter, »und ich hoffe, du hast es abgegeben, wie ich es dir aufgetragen habe.«

Im Kopf hörte Finchen, wie Lena hinter ihr ›Schmierfink‹ herrief und ›Braunhaar‹ und ›Dreckmantel‹ und ›Jakob Kunstmann will mich heiraten und nicht dich‹. Die Knie brannten, die Hand schmerzte, die Stirn tat ihr weh, und in ihrem Kopf schrie es laut ›AUUUUUU!‹, und ein paar Tränen schossen ihr aus den Augen.

»Ich wette mit dir, dass es kein echtes Silber war«, sagte Jakob. »Es gehörte Anna. Frau Pohl hat es ihr nach der Morgenversammlung zurückgegeben und sie ausgeschimpft, weil sie in der Schule Schmuck trägt. Und dann hat Anna das Armband Finchens Freundin Lena gegeben, du weißt schon, dieser grässlichen Heulsuse.«

»Woher weißt du das denn?«

»Ich hab's gesehen, weil ich noch immer oben auf dem Podium bei Frau Pohl stand.«

»Nun ja, wenn es doch Silber war, wird Anna daheim ganz schön Ärger bekommen. So Finchen, was ist mit dir? Jetzt, wo die Wunden alle mit einem hübschen Pflaster versorgt sind – tut's noch immer weh?«

»Nein«, sagte Finchen mit weit geöffneten Augen. Sie lächelte glücklich: Jakob hatte Lena das Armband gar nicht geschenkt. Er hatte sie eine grässliche Heulsuse genannt und würde sie ganz bestimmt nicht heiraten. In Finchens Kopf waren die Stimmen und das Schreien schlagartig verstummt, und die Knie brannten nur noch ein ganz kleines bisschen. Jakobs Mutter wusch Finchen die Hände und das Gesicht mit einem gestreiften Waschlappen und trocknete sie anschließend vorsichtig ab, so dass sämtliche Tränenspuren verschwunden waren. Dann hob sie Finchen von der Arbeitsplatte herunter.

»Während ich den Tisch decke, könntest du mit Finchen schon einmal Betty füttern, ja?«

Also fütterten Finchen und Jakob Betty, Jakobs Katze. Betty erkannte Finchen jedes Mal sogleich wieder, denn Finchen hatte sie einmal gerettet, als Jakob neu hierhergezogen war und Betty sich verlaufen hatte. Nun sprang sie miauend und maunzend auf Finchen zu und stupste sie mit der Pfote, damit Finchen ihr etwas zu fressen in den Napf tat.

»Sei vorsichtig, ich habe ein paar Pflaster«, mahnte Finchen Betty.

Jakobs Vater arbeitete bei der Post. Als er nach Hause kam, aßen sie Schweinebraten und Erbsen, und zum Nachtisch gab es Apfelkuchen mit Sahne. »Wenn du willst, können wir nach dem Essen hinten auf der Straße ein wenig Fußball spielen«, schlug Jakob vor, während er sich ein Stück Apfelkuchen in den Mund schob.

»Um Gottes willen, Jakob«, wandte seine Mutter ein. »Finchen hat sich beide Knie aufgeschlagen.«

»Ich würde gerne Fußball spielen«, sagte Finchen. »Die Knie tun schon gar nicht mehr weh.« Finchen kniff die Augen nur ein ganz klein wenig zusammen. Sie spielten Fußball draußen in der engen, steilen Gasse hinter dem Haus, und sie mussten gleichzeitig schießen und Torhüter sein. Jakob gewann. »Wenn du größer wärst und keine aufgeschlagenen Knie hättest, würdest du mich ganz bestimmt schlagen«, lobte er Finchen. Als es dunkel und kalt wurde, gingen sie zurück ins Haus. Finchens Mutter war gekommen und hatte die große Tasche mit den Schneidersachen dabei. Sie holte ein paar Stoffreste hervor und zeigte sie Jakobs Mutter.

»Oooh, der ist wirklich schön«, sagte Jakobs Mutter. »Hast du genug übrig behalten, um für dich selbst etwas Hübsches daraus zu nähen?«

»Nein, das ist nur noch ein kleiner Rest. Und wer will sich schon mit Organza-Seide herausputzen? Die Farbe allerdings ist wirklich toll. Sie hat den Stoff aus Indien mitgebracht. Kann ich noch ein wenig Tee haben?«

Finchen zeigte ihrer Mutter die vier Pflaster, und dann redeten die Erwachsenen und redeten und redeten. Finchen störte sie nicht, und sie fragte auch nicht, wann sie endlich nach Hause gehen würden. Sie war gerne bei Jakob zu Besuch.

Als sie schließlich auf die dunkle, kalte Straße hinaustraten, hatte Finchen ihrer Mutter eine ganze Menge zu erzählen.

Es war schon weit nach ihrer Schlafenszeit, als sie zu Hause ankamen, und so musste Finchen sich sofort bettfertig machen.

Als ihre Mutter nach oben kam, setzte sie sich zu Finchen ans Bett und strich ihr über den Kopf. »Du hattest heute einen ziemlich schrecklichen Tag, nicht wahr?«

»Nein, das finde ich nicht«, sagte Finchen.

»Nicht? Obwohl du so schlimm gestürzt bist?«

»Ja«, sagte Finchen, »denn Jakob ist gekommen und hat mich

mitgenommen, und ich habe vier Pflaster bekommen, und er denkt, ich sei hart im Nehmen.«

»Tatsächlich, tut er das?«, staunte Finchens Mutter. »Und war es nicht schrecklich für dich, dass ich nicht zu Hause war, als du von der Schule nach Hause gekommen bist?«

»Nein«, sagte Finchen, »weil ich mit zu Jakob durfte, und er hat mich auf der Stange sitzen lassen, und ich hatte überhaupt keine Angst, und es hat Schweinebraten gegeben.«

»Ich verstehe«, sagte Finchens Mutter. »Und diese Sache auf der Straße, von der du erzählt hast. War es nicht ganz schrecklich, als die Kinder alle hinter dir hergerannt sind und dich kriegen wollten?«

»Nein«, sagte Finchen, »weil Jakob mich gerettet hat. Da sind sie alle weggelaufen.«

»Ich verstehe«, sagte Finchens Mutter. »Aber da ist noch immer eine schreckliche Sache übrig, oder nicht?«

»Was meinst du denn?«, staunte Finchen.

»Du hast dich nicht mit Lena vertragen und warst den ganzen Tag allein.«

»Da kann ich nichts für«, rechtfertigte sich Finchen. »Sie wollte sich nicht mit mir vertragen. Ich habe die ganze Zeit darüber nachgedacht, womit ich ihr eine Freude machen könnte, aber mir ist einfach nichts eingefallen. Und dann hat Lena gesagt, dass Jakob sie heiraten würde, weil sie blonde Locken hat, und sie hat gesagt, er hätte ihr das Armband geschenkt, aber das stimmt gar nicht, denn er findet, sie ist eine Heulsuse.«

»Und du, bist du noch immer böse auf sie?«

»Nein.«

»Hochheiliges Ehrenwort?«

»Hochheiliges Ehrenwort, und schau, meine Augen sind ganz weit offen.«

»Nun ja, dann verträgst du dich besser möglichst rasch wieder mit ihr, denn sie kommt doch bald zu uns. Ihre Mutter muss demnächst ins Krankenhaus. Und auch wenn dir nichts Nettes für Lena eingefallen ist, sie hat sich für dich doch etwas einfallen lassen, oder?«

»Meinst du?«

»Ja, und das weißt du ganz genau. Sie hat gesagt, dass du ihre neuen Pelzhandschuhe haben darfst und ihre Filzstifte.«

»Ja, schon, aber Anna hat es mir gesagt, und ich habe es nicht gewusst, und sie hat geweint, und jetzt ist es zu spät.«

»Ist es nicht.«

»Doch, weil sie mich morgen ganz bestimmt nicht mehr fragen wird.«

»Dann musst du sie eben fragen. Frag sie doch einfach, ob sie dir den goldfarbenen Filzstift leiht. Das funktioniert bestimmt. Jetzt aber rasch die Augen zu und geschlafen. Dein Kopf tut dir doch nicht weh, oder?«

»Nein.«

»Dann schlaf gut. Bis morgen.« Finchens Mutter wollte zur Tür hinaus.

»Gute Nacht … Mama, ich muss dir noch etwas sagen.«

»Finchen, fang jetzt bitte nicht so an!«

»Will ich doch gar nicht. Aber ich kann mich mit Lena nicht vertragen, weil sie mir so schreckliche Sachen nachgerufen hat.«

»Was hat sie denn gerufen?«

»›Braunhaar‹…«, sagte Finchen mit leiser Stimme, denn darüber sprach sie überhaupt nicht gerne, nicht einmal mit ihrer Mutter.

»Das ist alles? Was ist an braunem Haar denn so schlimm?«

»Keine Ahnung. Es ist schlimm, weil es nicht blond und lockig ist, so wie Lenas. Und sie hat noch andere Sachen hinter mir hergerufen und alle anderen dazu gebracht, es auch zu tun.«

»Was denn noch für andere Sachen?«

»›Schmierfink‹«, sagte Finchen mit ganz leiser Stimme, »und dann auch noch ›Dreckmantel‹.«

Finchens Mutter kehrte ins Zimmer zurück und setzte sich noch mal zu Finchen auf die Bettkante. Einen Augenblick lang betrachtete sie nachdenklich das Pflaster auf ihrer Stirn. Dann küsste sie Finchen auf den Pony. »Ich glaube, ich habe eine Idee: Weißt du, du vergisst doch immer so viele Sachen …«

»Ja, ich weiß«, seufzte Finchen.

»Wie deinen Schal … wo ist dein Schal?«

»Ich hab ihn vergessen, weil sie alle hinter mir her waren, darum bin ich …«

»Und deine Handschuhe? Wo sind deine Handschuhe?«

»Das weiß ich nicht mehr genau, weil, als ich gefallen bin …«

»Und all die Dinge, die ich dir erzähle, zum Beispiel, wo ich heute Nachmittag war. Wo war ich heute Nachmittag?«

»Das habe ich vergessen, weil ich nicht nach Hause gekommen bin, weil Jakob …«

»Siehst du? Ständig vergisst du irgendetwas. Das waren jetzt drei Sachen an einem Tag. Und ich wette, da gibt es noch jede Menge mehr. Morgen, wenn du aufstehst und dir ein wenig Mühe gibst, dann kannst du bestimmt noch vor dem Frühstück drei Dinge vergessen haben.«

»Welche drei Dinge denn?«

»Die drei Dinge, die Lena hinter dir hergerufen hat.«

»Aber warum soll ich die vergessen? Weil sie immer so gemein zu mir ist?«

»Nein! Weil sie deine beste Freundin ist.«

Lenas Party

Nach Schulschluss war Finchen eilig nach Hause gelaufen. Nun stand sie im Flur bereit: mit sauberen Händen, sauberem Gesicht, rosaroten Wangen und mit einem sauberen Band, das ihre Haare fest zusammenhielt. Den Mantel hatte sie bereits angezogen und auch die Schuhe. Die waren noch ganz neu und sehr steif, und auf Teppichboden rutschte man leicht damit aus. Finchen mochte Schuhe nicht sonderlich. In Schuhen durfte man weder Fußball spielen noch in Pfützen platschen. In dem Geschäft hatte es auch rosafarbene Lackschuhe gegeben, wie Lena sie hatte, aber als Finchen fragte, ob sie die haben dürfe, natürlich nur als ›Sonntagsschuhe‹, da hatte ihre Mutter gelacht und gemeint: »Rosa?! Kommt nicht in Frage!« Finchens neue Schuhe waren braun.

Frau Asches neues Organza-Kleid hing in einer Schutzhülle an der Tür. Es war fast fertig und musste nur noch gesäumt

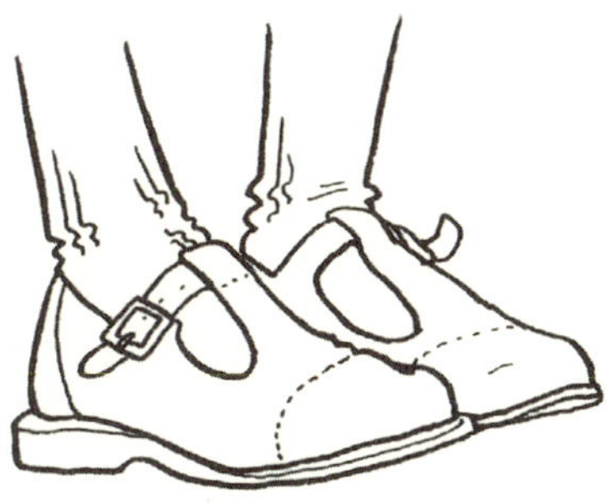

werden. Die Mutter packte die Tasche mit den Schneiderutensilien.

»Vergiss bitte nicht, was ich dir gesagt habe«, ermahnte sie Finchen und wiederholte alles sicherheitshalber noch einmal. »Fass nichts an, wenn wir bei Frau Asche sind, und wenn ich ›nichts‹ sage, dann meine ich nichts. Stör mich und Frau Asche nicht dauernd, und fang bloß nicht an zu quengeln, dass du nach Hause willst.«

»Ich werde euch nicht stören und auch nicht quengeln«, versprach Finchen.

»Ich muss dieses Kleid noch heute Abend fertig säumen, weil Frau Asche schon sehr bald von hier fortgeht. Du musst dort also einfach nur brav sitzen bleiben, bis ich fertig bin.«

»Ich quengle nicht«, versprach Finchen. »Ich mag Frau Asches Kleid. Die Farbe … ist das olivgrün?«

»Ich würde sagen, das ist ein blasses Meerschaumgrün mit einem Stich ins Blaue«, antwortete die Mutter.

»Aber das Meer ist doch grau!«

»Nicht in Indien, wo diese Seide herkommt. Frau Asche hat erzählt, dass dort das Meer in wundervollen blassgrünen und blauen Tönen schimmert. Hast du dein Buch? Leg es zu den Sachen in die Tasche, und dann komm.«

Finchens Mutter trug das meerschaumgrüne Kleid über dem Arm, und Finchen trug die Tasche mit den Nähutensilien.

»Willst du nicht doch lieber zu Lena spielen gehen?«, erkundigte sich die Mutter, als sie die Straße hinuntergingen.

»Ich möchte bei dir bleiben.«

»Ich dachte, ihr beide hättet euch wieder vertragen?«

»Haben wir ja auch«, sagte Finchen. »Lena hat mir sogar ihren goldenen Filzstift geliehen. Aber ich möchte heute viel lieber mit dir zu Frau Asche gehen.«

»Dann vergiss nicht, was ich gesagt habe – und kein Herumquengeln, bitte.«

»Ich quengle ganz bestimmt nicht«, versprach Finchen, »hochheiliges Ehrenwort.«

Frau Asches Haus lag auf einem Hügel und war umgeben von einem großen Garten mit einer hohen Mauer und einem großen Tor. Drinnen roch es nach Möbelpolitur statt nach Essen. Wo Finchen auch hinschaute, sah sie Regale mit Büchern, und an den Wänden hingen große Gemälde.

Frau Asche war eine sehr große Frau. Sie hatte glattes, schwarzes Haar, das sie so kurz trug wie Finchen, und die Lippen hatte sie rot geschminkt. Auf den ersten Blick wirkte sie furchterregend, aber dann lächelte sie und sah doch recht freundlich aus, als sie Finchen und ihre Mutter in das große Empfangszimmer mit dem Erkerfenster und dem Kamin führte, in dem ein Feuer brannte.

Eine andere Dame kam in das Zimmer und zog die Vorhänge zu. »Ich kümmere mich um Ihre Mäntel«, sagte sie zu Finchen und ihrer Mutter.

»Wo steckt eigentlich Charlie?«, wollte Frau Asche von der Dame wissen.

»Ich weiß es nicht. Vor einer Minute war er noch hier.«

Finchen wunderte sich, wer dieser Charlie wohl war. Vielleicht ein kleiner Junge, mit dem sie spielen konnte. Doch dann erinnerte sie sich, dass sie Schuhe anhatte und sich nicht schmutzig machen durfte.

Finchens Mutter nahm das Kleid aus der Schutzhülle. »Das ist ja wunderschön geworden«, freute sich Frau Asche. Sie ging hinaus, um das Kleid anzuziehen, und die andere Dame kehrte mit einem Teetablett zurück. Finchens Mutter kramte in der Schneidertasche und holte Nadel und Faden und die Stecknadeln heraus. Dann setzte sie sich und trank einen Schluck Tee.

»Möchtest du auch eine Tasse Tee, Liebes?«, erkundigte sich die Dame freundlich bei Finchen.

»Nein, danke«, lehnte Finchen höflich ab, weil sie Angst hatte, den Tee zu verschütten. Sie musste sich gut benehmen.
»Dann vielleicht ein Glas Milch?«, fragte die Dame.

»Nein, danke«, lehnte Finchen ab. Milch zu verschütten war nicht ganz so schlimm wie heißen Tee, aber Finchen zog es vor, lieber kein Risiko einzugehen.

»Dann magst du doch bestimmt einen Keks«, sagte die Dame.

»Nein!«, sagte Finchen. »Äh … ich meinte, nein, danke.« Finchen hätte zu gerne einen Keks gehabt, denn sie war hungrig, aber sie hatte Angst zu krümeln. Da stand sie nun auf dem großen Teppich in den steifen Schuhen mit den rutschigen Sohlen und überlegte, wann wohl der kleine Junge namens Charlie endlich kommen würde. Doch er kam nicht. Die andere Dame ging fort.

Frau Asche kehrte ins Zimmer zurück. Sie hatte das neue Kleid angezogen und raffte es mit einer Hand hoch, weil es viel zu lang war. In der anderen Hand trug sie ein Paar hochhackige Schuhe.

»Wahrscheinlich ist es das Beste, wenn ich die anziehe«, schlug sie eifrig vor. »Dann können Sie den Saum gleich richtig abmessen.«

»Das ist eine gute Idee«, stimmte Finchens Mutter zu und öffnete die Dose mit den Stecknadeln.

»Und was ist mit dir?« Frau Asche lächelte Finchen freundlich an. »Möchtest du dich nicht setzen und die Kekse hier essen, während du auf deine Mami wartest?«

»Nein, danke«, lehnte Finchen das Angebot höflich ab.

»Sie hat ein Buch mitgebracht«, sagte Finchens Mutter, nahm das Buch aus der Schneidertasche und reichte es Finchen.

»Braves Mädchen«, lobte Frau Asche. »Zeig doch mal. Oooh, wie schön! Als ich ein kleines Mädchen war, habe ich dieses Buch über alles geliebt. Aber sag mal, was ist denn mit dir passiert? Du siehst ja aus, als ob du in eine schlimme Schlägerei geraten wärst.«

»Ich habe vier Pflaster«, erklärte Finchen stolz.

»Vier Stück? Ach du meine Güte! Siehst du diesen schönen großen Lehnsessel auf der anderen Seite des Zimmers? Dort drüben beim Fenster?«

»Ja«, sagte Finchen.

»Mach es dir ruhig richtig bequem darin und lies ein wenig. Wenn Charlie nachher kommt, kann er dir Gesellschaft leisten.

Er sitzt immer dort. Du kannst dann ein wenig mit ihm spielen.«

»Ich habe aber meine guten Schuhe an«, erklärte Finchen und blickte Frau Asche dabei unverwandt an. Würde sie begreifen, dass sie mit den guten Schuhen nicht Fußball spielen konnte?

»Ich könnte mich auf einen Schemel stellen, wenn Ihnen das hilft«, schlug Frau Asche vor.

»Mmm-mm«, sagte Finchens Mutter, die sich Stecknadeln zwischen die Lippen gesteckt hatte und auf dem Teppich kniete. Das sollte ›nein, danke, es geht schon‹ heißen.

Finchen wartete ein wenig. Sie wollte ihre Mutter fragen, was sie machen solle, wenn Charlie mit ihr spielen wollte, aber sie hatte versprochen, nicht zu stören und nicht zu quengeln. Sie wartete noch ein wenig länger, falls die Mutter etwas sagen wollte, aber sie sagte nichts.

Finchen ging mit dem Buch rüber zum Erkerfenster am anderen Ende des Zimmers. Sie hätte gerne die Vorhänge ein winziges kleines bisschen zur Seite gezogen, um hinaus in den Garten zu sehen, aber sie hatte versprochen, nichts anzurühren. Also rührte sie die Vorhänge nicht an. Direkt neben dem großen Lehnsessel stand ein kleiner, niedriger Tisch. Finchen betrachtete ihn genauer. Er stand auf einem weißen Fellteppich mit langem Flauschhaar.

Auf dem Tisch befanden sich lauter interessante Sachen: Als

Erstes fiel ihr eine große, weiße Schachtel mit Pralinen ins Auge – dabei war es doch gar nicht Weihnachten! Die Schachtel war offen, und die Pralinen sahen einfach köstlich aus. Sie hatten ganz unterschiedliche Formen, manche waren aus Milchschokolade mit dunklen Zartbitterstreifen als Zierde, andere waren ganz aus zartbitterer Schokolade und wieder andere aus weißer.

Bei Frau Bock in Finchens Straße gab es auch weiße Schokolade in Riegeln zu kaufen. Die schmeckte warm und leicht tranig, aber manchmal kaufte sich Finchen einen Riegel, weil weiße Schokolade etwas Besonderes war.

Direkt unter dem Deckel der Pralinenschachtel befand sich

ein Blatt weißes Seidenpapier mit Goldrand. Darauf waren all die verschiedenen Pralinen mit ihrem Namen abgebildet, doch obwohl Finchen wirklich sehr gut lesen konnte, gelang es ihr nicht zu entziffern, was auf dem Papier stand. Sie hätte so gern eine der Pralinen probiert, aber sie rührte die Schachtel nicht an. Schließlich hatte sie versprochen, nichts anzufassen. Sie fragte auch nicht, schließlich hatte sie versprochen, nicht zu stören und nicht zu quengeln. Stattdessen betrachtete sie nun auch die anderen Sachen auf dem Tisch.

Da lagen noch ein Block Briefpapier, Briefumschläge und ganz viele Briefmarken, wie im Postamt, ein Füllfederhalter, der nicht zugeschraubt war, ein wunderschönes Töpfchen mit grüner Tinte, das auch nicht zugeschraubt war, und ein dickes Buch, auf dessen Einband ›Adressen‹ stand. Direkt daneben entdeckte Finchen eine große, rosafarbene, künstliche Rose. Finchen gefiel die Rose, und so betrachtete sie sie ein wenig genauer. Die Rose stand nicht in einer Vase, sondern lag auf dem Tisch. Sie hatte einen dicken, blassgrünen Stängel, der in einer Spitze endete. Finchen schaute genauer hin. Der Stängel der Rose endete in einer Spitze, weil man damit schreiben konnte! Die Rose war ein großer, wunderschöner Stift.

Es war ganz still in dem warmen Zimmer. Man konnte das Feuer knistern hören und manchmal die Stimme von Finchens Mutter: »Ein bisschen weiter drehen. Gut so, danke.«

Finchen war ganz brav, sie blieb still stehen, rührte sich nicht vom Fleck. Ihr gefiel der warme Raum, der nach Möbelpolitur duftete, und ihr gefielen die Pralinen in der weißgoldenen Schachtel, und ganz besonders gefiel ihr der Rosenstift.

»Alles in Ordnung mit dir da drüben?«, erkundigte sich Frau Asche. »Hast du etwas Interessantes entdeckt?«

Finchen blickte hinüber zu Frau Asche am anderen Ende des Raumes. Sie lächelte und sah freundlich und wunderhübsch aus in dem meerschaumgrünen Organza-Kleid. »Da ist eine Rose, die ein Stift ist«, sagte Finchen.

»Ah ja«, sagte Frau Asche. »Die hat mir jemand aus Italien mitgebracht. Würdest du damit gerne ein wenig malen wollen? Ganz bestimmt möchtest du das.«

Finchen nickte, und dann wartete sie ein wenig, um zu sehen, ob die Mutter etwas sagen würde, aber die Mutter sagte nichts. Sie kniete auf dem Teppich, hielt noch immer Stecknadeln zwischen den Lippen und nahm überhaupt keine Notiz von Finchen. Und Finchen hatte doch versprochen, nicht zu stören und nicht zu quengeln.

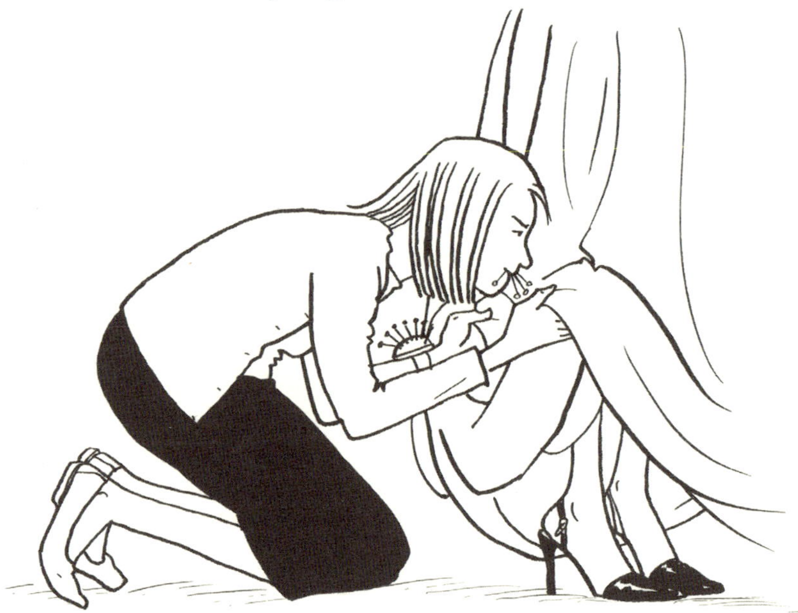

»Hab keine Angst«, sagte Frau Asche. »Nimm dir ein Blatt Papier von meinem Schreibblock, und mach es dir in dem Lehnsessel bequem. Möchtest du auch von den Pralinen probieren? Sie sind aus der Schweiz.«

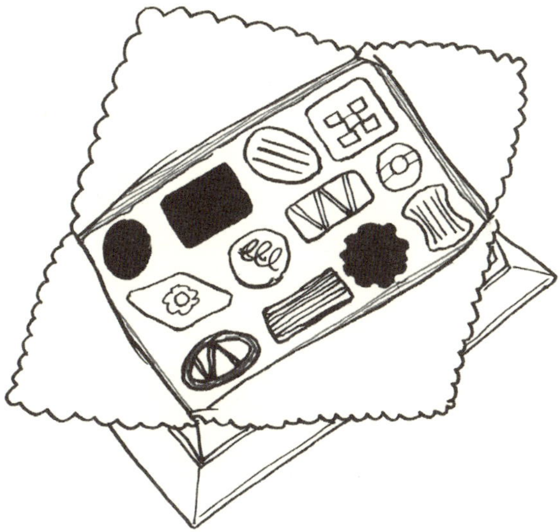

Pralinen kann man nicht verschütten. Und sie krümeln auch nicht. Man verschmiert sich Mund und Kinn damit und manchmal auch den Pulli. Finchen überlegte, ob sie eine weiße nehmen sollte. Wenn die schmolz, würde es nicht so auffallen. Sie wartete noch ein wenig, ob die Mutter etwas sagen wollte, aber die Mutter sagte nichts. »Ja, danke«, nickte Finchen artig.

Finchen betrachtete die Pralinen in der Schachtel. Eine ganze Weile. Sie konnte sich nicht so recht entscheiden. Sie hatte die Wahl zwischen drei verschiedenen Sorten weißer Pralinen. Die eine war quadratisch mit einem Kreuzmuster darauf, die andere hatte die Form einer Raute, die eine grüne Marzipanblüte zierte, und auf der dritten Praline klebte eine halbe Walnuss. Doch dann entdeckte Finchen etwas ganz Besonderes. Eine dunkle, quadratische Praline mit einem winzigen Karomuster.

Finchen nahm die Praline vorsichtig aus der Schachtel, roch daran und leckte ein ganz wenig an einer Ecke. Dann leckte sie einmal am Boden der Praline, denn sie wollte dieses hübsche Muster aus winzigen hellbraunen und rosafarbenen Karos nicht zerstören. Es schien ihr sogar noch feiner zu sein als das Muster von Lenas Kleid, das sie gemalt hatte.

Finchen überlegte, was sie als Nächstes tun sollte. Sie wollte gerne mit dem Rosenstift ein Bild malen, aber sie wollte den Stift auf keinen Fall mit Schokolade verschmieren. Sie hätte zuerst das Bild malen und dann eine Praline nehmen sollen, aber nun hielt sie die Praline bereits in der Hand. Wenn man sich erst einmal eine Praline ausgesucht und in die Hand genommen hatte, dann durfte man sie nicht mehr zurück in die Schachtel legen, weil man sie angefasst hatte. Man durfte sie selbst dann nicht zurücklegen, wenn man seine Meinung geändert hatte und lieber eine andere wollte.

Nachdenklich betrachtete Finchen den großen Lehnsessel und überlegte, ob sie die Praline für einen kurzen Moment irgendwo ablegen könne, nur so lange, bis sie sich ein Blatt Papier geholt hatte. Aber sie entdeckte keine noch so winzige Stelle, die dafür in Frage kam.

Der Sessel war weiß, schneeweiß! Jede Menge weiße Kissen lagen darauf, aus Samt und glänzender Seide, und eines war sogar aus dem gleichen flauschigen Fell wie der Teppich auf dem Boden. Da gab es keine Stelle, wo Finchen die Schokolade hätte ablegen können, nicht mal für eine Minute.

Finchen überprüfte den niedrigen Tisch, aber den bedeckte eine weiße Tischdecke mit einer seidenen Bordüre. Darauf lagen der weiße Briefblock, die weißen Briefumschläge und das Adressbuch, nirgendwo ein Plätzchen, um die Praline kurz abzulegen. Da stand Finchen nun, in der einen Hand das Buch, in der anderen Hand die Praline, und dachte angestrengt nach.

Die Mutter hätte bestimmt gewusst, was sie hätte tun können, aber Finchen durfte sie nicht fragen, denn sie hatte versprochen, nicht zu stören und nicht zu quengeln.

Finchen überlegte, ob sie das Buch auf die Armlehne des Sessels legen und darauf die Praline ablegen konnte, aber sie wollte auch keine Schokoladenflecken auf ihrem Buch haben, und in dem Zimmer war es sehr warm. Sie musste sich rasch etwas einfallen lassen, denn wenn sie die Praline nicht sehr bald aus der Hand legte, würde sie sich wegen ihrer Schokoladenfinger nicht mehr trauen, den weißen Briefblock oder den wunderschönen Rosenstift anzufassen.

Endlich hatte sie eine Idee. Vorsichtig legte Finchen das Buch auf den Sitz des weißen Sessels, ganz nah bei den Kissen aus Samt, Seide und Fell. Dann steckte sie die Schokolade in den Mund, hielt sie nur mit den Zähnen fest und die Lippen so weit offen wie möglich, damit die Schokolade nicht zu schmelzen begann. Erst nachdem sie sich vergewissert hatte, dass ihre Hände noch immer blitzsauber waren, nahm sie sich ein Blatt weißes Papier und legte es auf das Buch. Dann nahm sie die Praline zwischen den Zähnen wieder heraus und setzte sie auf das Blatt. Möglicherweise würde die Praline eine winzige Spur hinterlassen, aber da dieses Blatt jetzt Finchens Zeichenblatt war, hatte sie nichts schmutzig gemacht, was Frau Asche gehörte. Und wenn da tatsächlich ein kleiner Fleck zurückblieb, dann konnte Finchen einfach etwas darüberzeichnen oder mit Wasserfarben etwas darübermalen, wenn sie wieder zu Hause war.

Endlich griff Finchen nach dem Rosenstift, aber als sie ihn aufnehmen wollte, spürte sie einen leichten Widerstand, und das Tintenfässchen, das direkt neben dem Stift stand, bewegte sich plötzlich. Finchen beugte sich zu dem Tisch hinunter, um sich die Sache aus der Nähe zu betrachten. Der Rosenstift hatte grüne Blätter unterhalb der Blüte, und eines dieser Blätter war unter dem grünen Tintenfässchen eingeklemmt, so dass es sich jedes Mal bewegte, wenn Finchen den Rosenstift aufzunehmen versuchte. Das Tintenfässchen war offen, und vielleicht würde es umfallen, darum dachte Finchen nun wieder angestrengt nach. In ihrem Kopf hörte sie Frau Pohl, die sie Schmierfink genannt hatte, und dann hörte sie Lena und Anna und all die anderen, die ›Finchen ist ein Schmierfink!‹ hinter ihr hergerufen hatten, ›Finchen ist ein Schmierfink!‹. Finchen hatte Angst, aber sie wollte so gerne mit dem Rosenstift malen. Frau Asche hatte es ihr doch erlaubt! Vielleicht sollte sie ganz einfach den Deckel auf das Tintenfässchen schrauben … niemand hatte ihr erlaubt, das Tintenfässchen anzufassen … wenn es einfach umfiel … Finchen hatte doch versprochen, nichts anzufassen. Am liebsten hätte sie die Mutter gefragt, aber sie hatte auch versprochen, die Erwachsenen nicht zu stören und nicht zu quengeln.

Hilfesuchend blickte Finchen hinüber zum anderen Ende des Raumes, aber die Mutter guckte nicht, sie hockte auf den Fersen und sah zu Frau Asche hoch. »Ich glaube, wir haben es geschafft«, sagte sie gerade. »Drehen Sie sich ein paarmal um die eigene Achse, damit ich sehen kann, ob der Saum gerade ist.« Niemand achtete auf Finchen. Also dachte Finchen noch einmal angestrengt nach und traf dann eine Entscheidung.

Ganz, ganz vorsichtig hielt sie den Stängel der Rose mit den

Fingern ihrer sauberen linken Hand, und ganz, ganz vorsichtig zog sie das eingeklemmte Blatt mit ihrer sauberen rechten Hand unter dem Tintenfässchen hervor. Als es schließlich frei war, hatte Finchen das Tintenfässchen nicht berührt und auch sonst nichts, was Frau Asche gehörte, sondern nur die Rose, die Frau Asche ihr ausdrücklich anzufassen erlaubt hatte. Dann beschloss Finchen, dass es nun an der Zeit sei, die Praline in den Mund zu stecken. Sie würde sie nicht kauen, sondern ganz langsam im Mund zergehen lassen. Auf diese Weise würde sie sich weder Mund noch Kinn verschmieren und auch sonst nichts, und sie würde die Praline ganz lange genießen können, während sie auf dem großen, gemütlichen Lehnsessel saß und mit diesem wunderschönen Rosenstift ein Bild malte. Finchen drehte sich um und griff nach der Praline. Die Praline war verschwunden!

Da stand Finchen nun, den Rosenstift in der Hand, und starrte auf das weiße Blatt Papier, das sie so sorgfältig auf ihr Buch auf dem Sessel gelegt hatte. Sie guckte und guckte, dass ihr schon fast die Augen aus dem Kopf fallen wollten. Aber wie angestrengt sie auch guckte, sie konnte weit und breit keine Praline entdecken.

Zuerst war Finchen ziemlich sauer, denn sie hatte die Praline zu gerne probieren wollen. Eine andere konnte sie sich nicht nehmen, denn die Pralinen gehörten Frau Asche. Dann jedoch machte sie sich schreckliche Sorgen. Wenn sie die Praline nicht gegessen hatte und die Praline nicht da war, wo war sie dann hingekommen?

Es war sehr warm in dem großen Zimmer. In Finchens Brust hämmerte es laut: Bum! Bum! Bum! Überall suchte sie nach der Praline. Sie musste doch irgendwo liegen und vor sich hin schmelzen.

Finchen suchte auf dem weißen Lehnsessel und zwischen den weißen Kissen aus Seide, Samt und Fell, aber sie konnte keine schmelzende Praline entdecken. Dann sah sie auf dem Boden nach, falls die Praline vom Sessel gefallen war. Sie tastete mit den Händen den ganzen langhaarigen Fellteppich ab, aber auch dort befand sich keine schmelzende Praline. Die Praline hatte sich in Luft aufgelöst.

Finchen gab die Suche auf und beschloss, nun endlich zu zeichnen. Der niedrige Tisch mit der Tinte stand sehr nah am Lehnsessel, deshalb bewegte sich Finchen mit großer Vorsicht. Sie glitt zwischen Tisch und Lehnsessel, ohne irgendetwas zu berühren, nahm das Buch mitsamt dem Blatt Papier in die Hand, drehte sich um und sprang mit einem kleinen Satz genau auf den Kissenberg. Perfekt!

»Aaaaaayaaiiihhyaaaiiih!«

Das Kissen unter Finchen explodierte, und Finchen flog mit Karacho aus dem Sessel. Sie landete mit den Füßen auf dem Fellteppich und rutschte und rutschte und rutschte mit den neuen, glatten Schuhen … wuuummms … und krachte gegen die Beine des niedrigen Tisches. Das explodierte Kissen sprang mit einem Satz über ihren Kopf, und während sie mit dem Allerwertesten auf dem Boden landete, flog es über den Tisch, katapultierte das Tintenfässchen und die Schachtel Pralinen in Finchens Schoß und … verschwand.

»Finchen!«, rief Finchens Mutter entsetzt und stürzte herbei.

»Charlie!«, rief Frau Asche entsetzt und stürzte herbei.

Finchen schloss die Augen und hielt die Luft an, um festzustellen, ob sie sich irgendwo verletzt hatte. Sie hatte sich nicht verletzt, aber als sie die Augen wieder öffnete, war alles voller grüner Tinte und Pralinen. Auf all ihren Sachen und überall!

Finchen schloss die Augen wieder und begann laut zu weinen.

»Finchen! Hör sofort auf damit!«, befahl die Mutter.

»Charlie! Komm sofort hierher!«, befahl Frau Asche.

Aber Finchen hörte nicht auf zu weinen, und Charlie kam nicht.

Die andere Dame kam herein. »Was ist denn hier los?« Sie kam ein wenig näher. »Iiiiiihgiiiiitttt! Die Pralinen! Iiiiihgiiittt! Und sieh nur, die Tinte überall!«

Finchen brüllte noch ein wenig lauter.

»Das reicht jetzt!«, sagte Finchens Mutter.

»Ich wusste, dass sowas mal passieren würde«, sagte die andere Dame.

»Schon gut«, sagte Frau Asche. »Passiert ist passiert, da hilft jetzt auch kein Jammern.«

»Ich kann nichts dafür!«, heulte Finchen. »Ich habe nichts verschüttet! Ich habe nichts angefasst, ich habe gar nichts gemacht!« Finchen weinte und weinte. Die Brust tat ihr weh, ihr war übel, sie hatte schreckliche Angst, und sie wollte auf der Stelle nach Hause. Jemand legte einen Arm um ihre Schulter und streichelte ihr übers Haar.

»Ach, mein armes Kleines«, hörte sie Frau Asches Stimme. »Hat dich der grässliche Charlie so schlimm erschreckt?«

»Passen Sie auf«, ermahnte Finchens Mutter Frau Asche. »Sie ist voller Tinte. Nicht, dass das neue Kleid auch noch Flecken bekommt.«

Finchen spürte, wie ihre Mutter sie nun in den Arm nahm. »Hör auf zu weinen. Hör jetzt auf, es ist ja gut, alles ist gut.«

Finchen hörte auf zu weinen und öffnete die Augen.

Die Mutter war gekommen. Sie hatte einen Arm um sie gelegt und betrachtete die mit grüner Tinte vollgekleckerten Sachen.

Frau Asche war auch gekommen. Sie hob einen kleinen Hund mit zotteligem weißen Fell auf den Arm. »Charlie! Da hast du ja ein schreckliches Durcheinander angerichtet und dieses nette, kleine Mädchen auch noch fürchterlich erschreckt. Was soll ich nur mit dir machen?«

»Ich wusste, dass das einmal passieren würde«, sagte die andere Dame und sammelte die verstreuten Pralinen ein. »Hunde haben auf Sesseln wirklich nichts zu suchen!«

Frau Asche gab Finchen eine Praline. »Rasch, steck sie in den Mund, bevor Charlie sie dir wegstiehlt.«

Die andere Dame zog an Finchens Rock. »Ich fürchte, das wird nie wieder ganz rausgehen.«

»Ach, irgendwie werde ich das schon wieder rausbekommen…«, sagte Finchens Mutter, klang aber nicht sehr überzeugt.

Frau Asche setzte Charlie zurück auf den Boden und betrachtete Finchens Rock.

Charlie beschnüffelte Finchens Schuhe, dann machte er Männchen und bettelte.

Finchen schaute Charlie streng an und schluckte rasch die Praline herunter.

Die Frauen machten noch ziemlich viel Getue und unter-

hielten sich noch ein Weilchen. Dann aber packte die Mutter Finchens Buch und all ihre Schneiderutensilien in die große Tasche, die andere Dame brachte ihnen die Mäntel, und Finchen trat mit ihrer Mutter den Heimweg an.

Es war fast schon dunkel. Finchen ging an der Hand ihrer Mutter. Sie sagte kein Wort.

»Bist du noch immer erschrocken?«

»Ein bisschen«, antwortete Finchen und umklammerte die Hand ihrer Mutter ein wenig fester.

»Aber doch nicht wegen deines Rockes, oder? Die Flecken lassen sich mit ein wenig Milch bestimmt auswaschen.«

»Das mit dem Rock macht mir nichts aus«, sagte Finchen. »Glaube ich zumindest«, setzte sie rasch hinterher.

»Bist du dann vielleicht noch wegen des Hundes erschrocken?«, wollte Finchens Mutter wissen. »Bestimmt hast du geglaubt, er wolle dich beißen.«

»Ich bin nicht wegen des Hundes erschrocken«, sagte Finchen. »Und er hat mich nicht gebissen.«

»Dann hab ich's«, sagte Finchens Mutter. »Du bist so erschrocken, weil deine hübschen, neuen Schuhe einen Tintenfleck abbekommen haben.«

»Nein!«, sagte Finchen. »Das macht mir gar nichts, weil die Schuhe braun sind und man den Fleck kaum sehen kann. Aber wenn ich Gummistiefel angehabt hätte, Mama, dann wäre ich nicht ausgerutscht und auch nicht gegen den Tisch gestürzt, als ich aus dem Sessel geflogen bin. Und Mama? Frau Asche hat gesagt, ich darf eine Praline haben. Die habe ich auf das Blatt Papier auf dem Buch gelegt und Charlie hat sie gemopst.«

»Bist du deswegen böse auf ihn?«

»Nein, bin ich nicht, weil Frau Asche mir eine andere Praline gegeben hat, die ich rasch aufgegessen habe.«

Sie bogen in ihre Straße ein. Überall in den Häusern brannte Licht, und bei einigen waren schon die Vorhänge zugezogen. Finchens Mutter blieb stehen und beugte sich zu Finchen hinunter: »Komm schon, Liebes, sag mir, warum du so traurig bist. Flüstere es mir ins Ohr.«

»Wegen des Rosenstifts«, flüsterte Finchen ganz leise.

»Was ist denn ein Rosenstift? Geht gerade mal wieder deine Phantasie mit dir durch?«

»Nein. Das ist eine Rose, die ein Stift ist. Frau Asche hat mir erlaubt, damit zu malen, aber dann hat Charlie alles verdorben, und ich habe nichts malen können.«

»Und das ist alles?«

»Ja.«

»Bist du sicher?«

»Ja.«

»Hmm, ich weiß nicht so recht. Irgendwie habe ich den Eindruck, dich bedrückt noch etwas ganz anderes, so als hättest du zehn Euro hergegeben und nur einen Cent dafür zurückbekommen.«

»Ich hab doch gar kein Geld.«

»Nein?«

»Nein!«

»Bist du dann vielleicht traurig, weil du eine grüne Nase hast?«

»Nein«, sagte Finchen. »Das ist mir doch egal.«

»Schön, dann kann es daran ja nicht liegen. Aber vielleicht hast du dich verirrt und findest den Weg nach Hause nicht mehr?«

»Ach, Mama! Ich habe mich doch nicht verirrt! Wir sind doch schon in unserer Straße!«

»Oh, ach so. Ist dir dann vielleicht ein Bein abgefallen?«

»Nein!«

»Na dann … wer als Erste zu Hause ist, hat gewonnen!«, rief Finchens Mutter und rannte los. Lachend rannte Finchen hinterdrein … und gewann.

Es war warm in der Küche, auf dem Herd stand der Eintopf, und Rotbart schlief vor dem Kamin.

»Bei uns gefällt es mir am allerbesten«, sagte Finchen, als sie mit der Mutter zusammen den Tisch deckte.

»Tatsächlich? Dann wollen wir nur hoffen, dass es Lena auch gefällt, sonst bekommen wir Probleme. Morgen geht ihre Mutter ins Krankenhaus, also kommt sie nach der Schule mit zu uns. Und wehe, ihr streitet.«

»Ich werde nicht mit ihr streiten.«

»Das will ich dir auch geraten haben!«

Am nächsten Tag spielte Finchen in jeder Pause mit Lena, sie malte ein Bild für sie, und sie stritten nicht ein einziges Mal.

Als sie zu Finchen nach Hause kamen, schlief Lenas kleiner Bruder in seiner Wiege. Zum Abendessen gab es die Reste vom gestrigen Eintopf. Lena aß ihre Fleischbeilage nicht ganz auf, aber das rote Marmeladentörtchen zum Nachtisch schaffte sie dann doch noch.

Als es Zeit fürs Bett war, rannten die beiden Mädchen kichernd nach oben und schlüpften in die Schlafanzüge. Finchens Schlafanzug war rot-weiß gestreift. Lenas Schlafanzug war aus

ganz flauschigem, gelbem Stoff und über und über mit winzig kleinen, roten Herzen bedeckt. Finchen fand Lenas Schlafanzug toll. Während sie sich die Zähne putzten, stießen sie sich in die Seiten und kicherten und kicherten und stießen sich in die Seiten und streckten sich die Zungen raus und zogen dem Spiegel Fratzen. Dann kam Finchens Mutter nach oben und drehte Lenas blonde Ponylocken auf einen Lockenwickler, den sie mit einem Gummi befestigte.

»Bekomme ich auch einen Lockenwickler für meinen Pony?«, bat Finchen. Und Finchens Mutter drehte auch Finchens glatten, braunen Pony auf einen Lockenwickler, den sie mit einem Gummi befestigte.

Finchens Mutter erlaubte den beiden, zusammen in ihrem großen Bett zu schlafen. »Ihr dürft noch zehn Minuten lesen, dann komme ich und mache das Licht aus.«

»Ich habe aber kein Buch dabei«, nörgelte Lena, »nur meine Puppe und mein Köfferchen mit dem Spiel-Make-up.«

»Das macht nichts«, sagte Finchens Mutter. »Finchen kann dir etwas aus ihrem Buch vorlesen.« Damit ging sie wieder nach unten.

Als sie weg war, kicherten Finchen und Lena, sie kicherten und kicherten. »Komm, wir schminken uns«, schlug Lena dann vor. Sie zog das durchsichtige Make-up-Köfferchen aus der Tasche am Fußende des Bettes, und dann schminkten sie sich gegenseitig mit der Spiel-Schminke, taten so, als legten sie Puder auf und malten sich gegenseitig die Lippen an. »Komm, wir machen eine Kissenschlacht«, schlug Finchen vor. »Wir müssen nur ganz leise sein, sonst hört uns meine Mutter.«

Sie sprangen und hüpften auf dem Bett und schlugen sich mit den weichen Kissen, aber nur ganz leise, bis sie schließlich so sehr kichern mussten, dass sie sich nicht mehr halten konnten. »Oooh, mein Lockenwickler fällt raus!«

»Fang jetzt bloß nicht an zu weinen«, bat Finchen Lena, »sonst kommt meine Mutter hoch und macht das Licht aus.« Sie nahm den Lockenwickler, rollte Lenas Pony darauf ein, so gut es ging, und befestigte ihn wieder mit dem Gummi. Der Lockenwickler saß nicht mehr so schön gerade wie bei ihrer Mutter, und ein paar Haare standen seitlich hervor, aber Lena konnte es nicht sehen und fing darum auch nicht an zu weinen.

»Ich weiß was!«, rief Finchen. »Wir machen einen Nasenkampf!«

Und so machten sie einen Nasenkampf. »Oooh, mein Lockenwickler fällt wieder raus!«, jammerte Lena, als sie erkannte, dass Finchen den Kampf gewinnen würde. »Er sitzt wieder ganz locker.«

»Fang jetzt bloß nicht an zu weinen«, sagte Finchen, »sonst kommt meine Mutter hoch!« Finchen befestigte Lenas Lockenwickler noch einmal, und dieses Mal saß er noch ein wenig schiefer als zuvor, und noch mehr Haare standen zu beiden Seiten heraus, aber Lena konnte es nicht sehen und fing darum auch nicht an zu weinen.

»Und was spielen wir jetzt?«, wollte Lena wissen.

»Wir spielen, ich wäre deine Mutter«, sagte Finchen. »Ich bringe dich zu Bett und lese dir eine Geschichte vor, und du musst am Daumen lutschen.«

»Meine Mutter liest mir keine Geschichten vor«, sagte Lena.

»Das ist doch nur ein Spiel!«, gab Finchen zurück. »Jetzt mach schon, lutsch am Daumen.«

Lena lutschte am Daumen. Finchen deckte sie sorgfältig zu, gab ihr einen Kuss, zog das Buch unter dem Kopfkissen hervor und begann zu lesen:

»Humpty Dumpty war viel zu munter,
Humpty Dumpty fiel von der Mauer runter,
nicht zehn Pferde, nicht hundert Mann …«

»Das ist doch keine Geschichte«, beschwerte sich Lena. »Das ist ein blöder Kinderreim.«

»Das ist ein Teil von einer Geschichte«, erklärte Finchen, »über den *wahren* Humpty Dumpty.« Sie überschlug ein paar Seiten und las dann weiter: »›Stehst dumm herum und führst Selbstgespräche‹, sagte Humpty Dumpty vorwurfsvoll und schaute sie zum ersten Mal richtig an. ›Aber verrat mir doch deinen Namen und was du so treibst.‹

›Ich heiße Alice, aber …‹

›Ist das ein blöder Name!‹, unterbrach Humpty Dumpty sie ungeduldig.‹«

»Das ist kein blöder Name«, unterbrach Lena Finchen empört. »Meine Tante heißt auch Alice. Wenn überhaupt, dann ist Humpty Dumpty ja wohl der blödeste Name auf der ganzen Welt.«

»Nicht, wenn man bedenkt, dass Humpty Dumpty ein Ei ist«, widersprach Finchen.

»Eier können doch nicht sprechen«, warf Lena ein. »Kommt in der Geschichte auch eine Prinzessin vor?«

»Nein, aber eine Königin.«

»Ich mag Prinzessinnen lieber«, sagte Lena. »Erfinde doch eine Geschichte mit einer Prinzessin für mich.«

Finchen schaute auf das Buch. Sie hätte gerne weitergelesen, aber sie wollte Lena auch eine Geschichte erzählen, also ließ sie sich auf einen Kompromiss ein. Sie erzählte Lena die Geschichte von einer Prinzessin, die sich in dem Garten mit den lebenden Blumen aus ihrem Buch verlief. Lena lutschte am Daumen. Dann kam Finchens Mutter nach oben.

»Ihr habt das Bett ja völlig zerwühlt«, stellte sie fest. »Und was ist nur mit Lenas Lockenwickler passiert? Der hängt ja ganz schief herunter!«

»Finchen hat das gemacht«, petzte Lena, »und ich will meine Puppe haben.«

Finchens Mutter richtete den Lockenwickler wieder gerade, holte dann Lenas kleine Puppe aus der Tasche am Fußende des Bettes hervor und legte sie zwischen die beiden.

»Aber Mama!«, beschwerte sich Finchen. »Lenas Puppe soll nicht in der Mitte schlafen, sie ist überhaupt nicht kuschelig, sondern ganz hart und pieksig, sie wird mich kratzen. Percy soll in der Mitte schlafen, der ist schön weich und kuschelig.«

»Du weißt doch noch, was ich dir gesagt habe, oder? Lenas Mutter ist im Krankenhaus, und darum musst du ganz besonders nett zu Lena sein«, flüsterte die Mutter Finchen ins Ohr.

»Na gut«, gab Finchen nach. Sie nahm Percy zu sich an den äußeren Rand, aber sie hatte die Nase gestrichen voll.

Die Mutter deckte die beiden Mädchen sorgfältig zu. »Heute schläft Lenas Puppe in der Mitte, und vielleicht, vorausgesetzt es macht Lena nichts aus, kann Percy dann morgen Nacht in der Mitte schlafen. Aber nur, wenn es Lena nichts ausmacht. Sie ist doch nur für zwei Nächte bei uns, und ihre Mutter ist im Krankenhaus. Also ist es gerecht, okay?«

»Ja«, stimmten Finchen und Lena gemeinsam zu.

»Dann schlaft jetzt«, verabschiedete sich die Mutter. »Ich muss nach dem Baby sehen. Es ist wach geworden. Gute Nacht.« Sie schaltete das Licht aus und ging nach unten.

»Erzähl mir noch ein wenig von deiner erfundenen Geschichte«, sagte Lena.

»Dann hört uns meine Mama«, sagte Finchen, »und wir sollen jetzt schlafen.«

»Flüster doch einfach«, sagte Lena.

Die Mutter hatte gesagt, sie sollten schlafen, aber sie hatte auch gesagt, dass Finchen nett zu Lena sein solle, und wenn Lena nicht ihren Willen bekam, dann würde sie zu jammern anfangen, und die Mutter würde hochkommen. Lena würde sagen, dass Finchen gemein gewesen sei, und die Mutter wäre dann sehr böse auf Finchen.

»All die Blumen im Garten fingen auf einmal gleichzeitig an zu reden. Da sagte die Prinzessin …«

Aber noch bevor Finchen die Geschichte zu Ende erzählt hatte, waren die beiden eingeschlafen.

Am nächsten Tag gingen die beiden Mädchen in den Pausen Hand in Hand spazieren und kicherten vergnügt vor sich hin.

»Wir sind Schwestern«, behauptete Finchen.

»Seid ihr nicht«, widersprach Anna energisch, »und ich werde Fräulein Schneider sagen, dass du Lügen erzählst.«

Aber Finchen und Lena kicherten nur noch lauter. »Wir sind wohl Schwestern«, sagte Lena dann, »wir schlafen im gleichen Bett bei Finchen, und wir haben unsere Mäntel getauscht.«

»Du bist doof«, sagte Gerrit zu Finchen, als sie nach der Pause wieder in den Klassenraum zurückkehrten. »Du bist nicht Lenas Schwester. Lena hat einen kleinen Bruder, der ist noch ein Baby.«

»Na und?«, sagte Finchen.

»Na und?«, sagte Lena.

»Ruhe bitte«, rief Fräulein Schneider die Kinder zur Ordnung.

Nach Schulschluss rannten Lena und Finchen nach Hause. Sie hatte die Kapuzen aufgezogen, denn es regnete.

Zu Hause spielten sie mit Lenas Puppe, zogen ihr die verschiedensten Kleider und Schuhe an. Die Puppe besaß sogar passende Handtaschen und eine Bürste und einen Kamm. Finchen mochte die Puppe nicht so sehr, weil sie so hart und pieksig war, aber sie mochte die Glitzerkleider und all die anderen hübschen Sachen.

»Wascht euch die Hände und kommt zu Tisch«, sagte Finchens Mutter.

Es gab gebackene Kartoffeln mit Quark und Bohnen.

»Ich mag die Schale am liebsten«, strahlte Finchen.

»Ich nicht«, sagte Lena. »Sie ist schmutzig, und darum esse ich sie nicht.«

»Ich habe die Kartoffeln vorher gewaschen, Lena«, erklärte Finchens Mutter, »aber wenn du die Schale nicht magst, lass sie einfach liegen.«

Lena löffelte die Kartoffel aus der Schale und aß auch ein paar Bohnen. Zum Nachtisch gab es gezuckerte Orangenschnitze.

Als sie vom Tisch aufstehen durften, ließen sie sich auf dem Teppich in der Nähe von Rotbart nieder. »Ich habe eine Idee«, sagte Finchen. »Wir können mit deinem Schminkköfferchen spielen und uns gegenseitig schminken. Und deine Puppe auch, jetzt, da wir sie so schick angezogen haben.«

»Meine Puppe hat ihr eigenes Schminkköfferchen«, sagte Lena. Tatsächlich! Die Puppe hatte das winzigste Schminkköfferchen mit den winzigsten Tuben, Tiegeln und Döschen, die Finchen jemals gesehen hatte.

»Darf ich auch damit spielen?«

»Nein«, sagte Lena. »Meine Mama hat gesagt, dass ich aufpassen soll und mir von dir meine Sachen nicht durcheinander bringen oder kaputtmachen lassen darf.«

Finchen wartete ein wenig, ob Lena ihre Meinung vielleicht noch änderte. Aber Lena spielte weiter allein vor sich hin; ein paar große Tränen rollten ihr die Wangen hinunter und dann heulte sie los.

»Muuuhäää!«, jammerte Lena. »Muuuhäää!«

»Was ist denn auf einmal mit Lena los?«, wollte Finchens Mutter wissen, das Geschirrtuch noch in der Hand.

»Keine Ahnung«, sagte Finchen. »Sie hat einfach so angefangen.«

»Muuuhäää!«, jammerte Lena.

»Was ist los mit dir?«, fragte die Mutter Lena.

»Muuuhäää!«, jammerte Lena. »Ich will zu meiner Maaamaaa!«

»Pssst, nicht so laut«, versuchte die Mutter Lena zu beruhigen, »sonst weckst du noch das Baby auf.«

»Muuuhäää!«, jammerte Lena, und das Baby wachte auf.

»Tschek, tschek, tschek«, machte das Baby.

»Gleich fängt's an zu schreien«, sagte die Mutter. »Rasch Finchen, geh und schaukle die Wiege ein wenig!«

Finchen schaukelte die Wiege, und das Baby wurde ganz still. Finchens Mutter setzte sich auf einen Stuhl und zog Lena zu sich hinauf auf den Schoß.

»Aber, aber, aber …«, beruhigte sie sie leise. »Es wird ja alles wieder gut. Du vermisst deine Mama, nicht wahr?« Sie drückte Lena eng an sich und streichelte ihr den Rücken. »Morgen kommt sie schon wieder nach Hause, und in einer knappen halben Stunde kommt dein Vater dich abholen, und dann geht ihr sie zusammen besuchen.« Sie drückte Lena zärtlich an sich und streichelte ihr über den Rücken, genauso, wie sie es mit dem Baby gemacht hatte.

Finchen schaukelte die Wiege mit dem Baby, und Finchens Mutter wiegte Lena in ihren Armen, dabei wäre Finchen so gerne auf dem Schoß ihrer Mutter gesessen und von ihr gedrückt und gestreichelt worden.

»Muuuhäää!«, jammerte Lena. »Muuuhäää!«

»Was können wir nur tun, um dich ein wenig aufzumuntern?«, überlegte die Mutter und wiegte und streichelte Lena. »Da fällt mir etwas ein. Hat deine Mutter dir nicht ein paar hübsche Geschenke gekauft, bevor sie ins Krankenhaus gegangen ist?«

»Muuuhäää!«, jammerte Lena. »Sie-hat-mir-einen-großen-Stift-gekauft-mit-weichen-Federn-dran-und-einer-Figur-obendrauf! Muuuhäää!«

»Wirklich?«

»Muuuhäää!«, jammerte Lena. »Und-ein-neues-Samtkleid-mit-einer-großen-Schleife-hinten! Muuuhäää!«

»Ein neues Samtkleid?«, wiederholte Finchens Mutter. »Das ist aber schön. Wenn dein Vater dich nachher abholen kommt und dir frische Sachen bringt, dann können wir ihn fragen, ob du morgen ausnahmsweise einmal das neue Kleid anziehen darfst. Um dir eine Freude zu machen und dich ein wenig aufzuheitern. Ist das nicht eine tolle Idee?«

»Muuuhäää!«, jammerte Lena. »Das-erlaubt-er-nicht-weil-ich-das-Kleid-nur-zu-ganz-besonderen-Gelegenheiten-anziehen-darf! Muuuhäää! Nur-zu-einer-Geburtstagsparty-oder-so.«

»Verstehe«, sagte Finchens Mama und wiegte Lena auf ihrem Schoß. Finchen schaukelte den Kinderwagen und wünschte, sie säße auf dem Schoß ihrer Mutter. »Weißt du, deine Mutter hat mir etwas Geld dagelassen, falls du irgendetwas brauchst. Wir können ja eine Party für dich geben, wenn es das ist, was du brauchst.«

»Wie denn? Ich habe doch gar nicht Geburtstag!« Lena hatte aufgehört zu weinen.

Die Mutter zwinkerte Finchen zu: »Sag mal, Finchen, was würde Humpty Dumpty tun, wenn er eine Party geben wollte, aber nicht Geburtstag hat?«

»Das ist nicht schwer!«, sagte Finchen. »Er würde eine *Nicht-Geburtstagsparty* geben!«

»Siehst du, Lena?«, sagte die Mutter. »Wir können eine *Nicht-Geburtstagsparty* für dich geben, und dann kannst du dein neues Kleid anziehen.«

»Ist das eine wirkliche, richtige, echte Party?«, wollte Lena wissen.

»Noch viel besser«, sagte Finchens Mutter, »weil man diese Party geben kann, wann immer man Lust dazu hat – und gleichzeitig können wir daraus eine ›Willkommen-daheim-Party‹ für deine Mutter machen.«

»Und gibt es auch Geburtstagsgeschenke und einen Kuchen, wie bei einer richtigen Geburtstagsparty?«

»Natürlich nicht«, sagte Finchen, »weil du dann natürlich nur *Nicht-Geburtstagsgeschenke* bekommen wirst und einen *Nicht-Geburtstagskuchen*, nicht wahr, Mama?«

Lena guckte ein bisschen verstört, weil sie nicht wusste, wie ein *Nicht-Geburtstagskuchen* wohl schmecken würde, aber sie war ganz eindeutig wieder besserer Laune. Finchens Mutter wusch Lena die Tränenspuren aus dem Gesicht, und dann kam auch schon Lenas Vater, um Lena abzuholen.

»Da machen wir uns jetzt mal rasch an die Arbeit«, sagte die Mutter, »oder besser gesagt, ans Kuchenbacken.«

»Geben wir wirklich eine richtige Party?«

»Aber natürlich, Liebes. Lauf doch bitte rasch rüber zu Frau Kühn und hol uns sechs Eier.«

Finchen holte die Eier. Als sie wieder heimkam, rührte die Mutter bereits den Zucker und die Margarine in einer Schüssel schaumig.

»Darf ich rühren?«, bat Finchen.

»Nein, du hast noch ganz viele andere Sachen zu erledigen. Hol doch mal Lenas Puppe.«

Finchen holte Lenas Puppe, die noch immer das schicke Kleid trug, und die Mutter stellte sie genau in die Mitte des Kuchenblechs.

»Schiebst du sie etwa mit in den Ofen?«, wollte Finchen wissen.

»Aber nein«, sagte Finchens Mutter. »Ich hab schon eine Idee, wie es klappen könnte. Hast du in deiner Bastelschachtel nicht noch ein Stück Karton? Schau doch mal rasch nach und bring es mir bitte, aber beeil dich.«

Finchen nahm ein Stück Karton von einem Müslipaket aus

ihrer Bastelschachtel. Die Mutter schnitt davon einen Streifen zurecht, rollte ihn zu einem Kreis zusammen, packte ihn in Alufolie und stellte ihn dann in die Mitte des Kuchenblechs.

»Schau, jetzt kann der Teig nicht mehr in die Mitte laufen«, erklärte die Mutter Finchen, »und wenn der Kuchen fertig ist, kann Lenas Puppe in ihrem neuen schicken Rock und dem silbernen Oberteil genau in der Mitte stehen.«

»Kommt auch noch Zuckerguss drüber?«

»Aber natürlich, oder hast du schon mal einen *Nicht-Geburtstagskuchen* ohne Zuckerguss gesehen?«

»Und auch Silbersternchen?«

»Natürlich auch Silbersternchen, passend zu dem schicken Oberteil. Morgen, wenn ihr in der Schule seid, mache ich den Zuckerguss.«

Finchen war ganz aufgeregt. Sie mochte Zuckerguss und Silbersternchen, und sie mochte auch das silberne Oberteil. »Ich habe eine Idee. Ich bastle Einladungen. Ich hole den Malkasten!«

»Leg zuerst Papier auf den Tisch«, mahnte Finchens Mutter, und während sie auf der einen Seite des Tisches den Kuchen rührte, legte Finchen die andere Seite des Tisches mit Papier aus. »Aber vertrödle keine Zeit mit dem Malen von winzig kleinen Karos! Wir müssen fertig sein und alles gut versteckt haben, bevor Lena wieder zurückkommt, damit die Überraschung auch wirklich eine Überraschung ist.«

»Ich kann die Einladungen mit Kartoffeldruck machen, das geht ganz schnell«, sagte Finchen. »Oder besser noch, ich bastle einfach nur Eintrittskarten statt Einladungen, dann brauche ich nicht so viel zu schreiben!« Schnell wie der Blitz schnitt Finchen ein paar kleine Quadrate aus dem Papier aus, das sie sich von Weihnachten aufgehoben hatte. Dann teilte sie eine kleine Kartoffel in zwei Hälften und schnitt mit dem Schälmesser den Umriss einer Blume in die Kartoffel, gab ein wenig Farbe darauf und druckte die Blume auf die unbedruckte Seite der kleinen Quadrate, die sie zuvor ausgeschnitten hatte. Unter jede Blume schrieb sie: *Eintrittskarte für Lenas ›Nicht-Geburtstagsparty‹*

Als sie mit der Arbeit fertig war, schob Finchens Mutter den Kuchen in den vorgeheizten Ofen, und Finchen deponierte ein paar Eintrittskarten auf dem Kaminsims, damit sie selbst auch welche hatten. Die anderen steckte sie in die Manteltasche, um sie mit in die Schule zu nehmen.

»Darf Jakob Kunstmann auch kommen?«, fragte Finchen.

»Aber natürlich, und Gerrit und Robert natürlich auch.«

»Und Roberts kleine Schwester auch! Und ich kann Lena mein Bild als *Nicht-Geburtstagsgeschenk* schenken!«

»Und ich kann für ihre Puppe einen Rock nähen«, sagte Finchens Mutter, »aus dem hübschen Stoff, der von Frau Asches Kleid übriggeblieben ist. Das geht ganz schnell.«

Bum! Bum! Bum! Es klopfte an der Tür.

»Rasch!«, rief Finchens Mutter. »Bring die Puppe wieder dahin zurück, wo du sie hergeholt hast, und versteck den Rock in deiner Bastelschachtel.«

Lena und ihr Vater kamen in die Küche. Lena hielt den neuen Stift mit roten und blauen Federn und einer winzigen Figur am oberen Ende in der Hand. Lenas Vater hielt das neue Kleid auf einem Bügel in der Hand. »Hmmm, hier riecht es aber lecker nach frisch Gebackenem«, erklärte er.

Die Mutter schaute Finchen an, aber beide sagten kein Wort.

Lena war so aufgeregt wegen des Kleides, dass sie den *Nicht-Geburtstagskuchen* ganz vergessen hatte, und darum sagte auch sie nichts.

Als Finchen und Lena im Bett lagen, dachte Finchen so angestrengt über all die Überraschungen für Lenas Party nach, dass sie meinte, platzen zu müssen.

»Ich will heute keine Kissenschlacht machen«, sagte Lena, »weil du mir immer den Lockenwickler aus den Haaren haust.«

Finchen hatte ihren Pony nicht aufgedreht, weil sie wegen der Party viel zu aufgeregt war, um auch nur einen Gedanken an Lockenwickler zu verschwenden.

»Erzählst du mir eine Geschichte?«, bat Lena sie.

»Ja, wenn du willst«, willigte Finchen ein. »Aber nur, wenn Percy heute in die Mitte darf.«

»Aber nein! Auf gar keinen Fall! Meine Puppe darf in die Mitte! Hat deine Mama gesagt!«

»Gestern hat sie gesagt, dass deine Puppe in die Mitte darf, heute ist Percy dran.«

»Hat sie nicht. Sie hat gesagt, Percy darf nur in die Mitte, wenn es mir nichts ausmacht, weil meine Mama im Krankenhaus ist. Jawohl, das hat sie gesagt.«

»Das ist mir egal. Heute ist Percy an der Reihe!« Finchen tat die Brust ganz arg weh, denn Percy war wirklich an der Reihe. Sie wollte nicht, dass er traurig und einsam am äußeren Rand liegen musste.

Lena packte ihre pieksige Puppe in die Mitte, die steifen Finger piekşten Finchen in den Arm, und das silberne Oberteil kratzte an ihrer Wange. Sie kuschelte sich eng an Percy und umklammerte ihn ganz fest, damit er nicht aus dem Bett fallen konnte. Percy war kein Stofftier. Manchmal, sagte Finchen, wenn niemand hinschaute, dann bewegte er sich ein ganz kleines bisschen. Percy war Finchens Freund, und manchmal fühlte er sich einsam.

»Du sollst mir eine Geschichte vorlesen«, sagte Lena, »hat deine Mama gesagt, darum hat sie das Licht angelassen.«

Finchen wollte nicht lesen. Ein dicker, fetter Kloß steckte in ihrem Hals, und darum sagte sie nichts.

»Das sag ich deiner Mama«, sagte Lena. »Das sag ich deiner Mama, gleich, wenn sie nach oben kommt! Und überhaupt, deine doofe Geschichte ist mir doch völlig schnuppe, weil ich nämlich ein neues Samtkleid habe und du nicht, ätsch-bätsch.« Lena drehte Finchen den Rücken zu und drehte und wälzte sich so lange herum, bis die Puppe Finchen in den Rücken piekste, so fest, dass Finchen fast aus dem Bett fiel. Dann schlief Lena ein.

Finchen schlief nicht ein. Sie lag mit weit geöffneten Augen im Bett und streichelte Percy. Lenas neues Kleid hing über der Stuhllehne vor der Kommode, Lenas neuer Stift mit den roten und blauen Federn und der winzigen Figur auf dem oberen Ende lag auf dem Nachttisch, Lenas Puppe piekste ihr in den Rücken und machte ihr weh. Die Brust tat Finchen auch weh, und ein paar Tränen quollen ihr aus den Augenwinkeln hervor, obwohl Finchen sich alle Mühe gab, sie zurückzuhalten. Sie blieb ganz still liegen, bis die Mutter nach oben kam.

»Schläft sie?«, erkundigte sie sich flüsternd.

Finchen nickte nur. Sie sagte nichts, wegen des Klumpens in ihrem Hals, und rieb das Gesicht an Percys kuscheligem Fell, damit die Mutter nicht sehen konnte, wer von ihnen geweint hatte.

»Was ist mit dir los?«, fragte die Mutter. »Du siehst aus, als ob du die Nase voll hast.«

»Ich habe die Nase gestrichen voll«, sagte Finchen, »Lena soll nach Hause gehen und dort schlafen.«

»Das geht doch nicht, weil ihre Mama im Krankenhaus ist.«

»Ich weiß, aber ihr Vater ist da.«

»Ihr Vater geht um sechs Uhr morgens zur Arbeit. Er hat keine Zeit, sie für die Schule fertig zu machen. Jetzt komm schon, es ist doch nur bis morgen, und das arme Kind vermisst seine Mama. Weißt du noch, wie es dir erging, als ich fort war und du drüben bei Lena bleiben musstest? Wie sehr du mich vermisst hast, und wie du weinend vor der Tür gesessen hast, als ich nach Hause kam? Weißt du noch, wie du dich damals gefühlt hast?«

»Ich glaube schon.«

»Nun, Lena fühlt sich jetzt genauso schrecklich wie du damals. Du weinst doch nicht etwa, oder?«

»Nein«, sagte Finchen mit geschlossenen Augen. Sie dachte an Lenas neues Kleid und an Lenas gelben Schlafanzug mit den vielen kleinen roten Herzen und daran, wie ihre Mama Lena gedrückt und auf dem Schoß gewiegt hatte. Die Brust tat ihr ganz schrecklich weh. »Lenas Puppe piekst mir in den Rücken und macht mir weh«, sagte Finchen.

»Ist das alles?«, fragte die Mutter und schob die Puppe ein wenig an die Seite. »Jetzt berührt sie dich überhaupt nicht mehr. Du weinst doch jetzt nicht mehr, oder doch?«

»Nein«, sagte Finchen und kniff die Augen noch ein wenig fester zusammen. Sie dachte an Lenas Party und an Lenas Eintrittskarten und an Lenas neuen Stift und an Lena, wie sie auf dem Schoß ihrer Mutter gestreichelt und gewiegt worden war. Die Brust tat ihr schrecklich weh. »Ich möchte, dass Lena heimgeht, weil sonst vielleicht Percy aus dem Bett fällt«, flüsterte sie.

»Schon gut, mein Liebes, schon gut«, flüsterte die Mutter. »Hör zu, ich mache dir einen Vorschlag: Ich nehme Percy mit mir nach unten, da kann er mir noch ein wenig beim Nähen zuschauen. Ich möchte da noch unbedingt etwas bis morgen fertigbekommen. Danach nehme ich ihn mit zu mir in dein Bett. Er ist daran gewohnt, dort zu schlafen, und ich werde gut aufpassen, dass er nicht aus dem Bett fällt. Gib ihm einen Gutenachtkuss.«

Finchen gab Percy einen Kuss auf die weiche, wollige Wange.

»So ist es gut. Weißt du, du bist so schrecklich aufgeregt wegen der Party, und jetzt bist du so übermüdet, dass du nicht mehr in den Schlaf findest. Aber du musst schlafen, sonst bist du morgen viel zu müde, um den Tag zu genießen, und morgen wird ein richtig toller Tag, das verspreche ich dir.«

»Hochheiliges Ehrenwort?«

»Hochheiliges Ehrenwort.«

»Warum wird es ein toller Tag?«

»Das verrate ich nicht, nur so viel, dass es ein toller Tag wird. Wenn man so müde ist wie du, dann scheint alles ganz grässlich zu sein, aber wenn man ordentlich ausgeschlafen hat, dann stellt man plötzlich fest, dass all diese grässlichen Dinge vielleicht doch ganz nett sind. Jetzt sei still und warte einen Augenblick, ich will dir nur rasch etwas holen.« Finchens Mutter ging fort und kam kurz darauf wieder zurück. »Ich finde, du solltest deinen Pony auf einen Lockenwickler aufdrehen. Schließlich geben wir morgen eine Party. Und Jakob Kunstmann kommt. So, fertig. Tut das weh?«

»Nein.«

»Gute Nacht.«

Finchen lag noch ganz, ganz lange wach. Sie dachte noch einmal über alles nach und lauschte im Dunkeln dem Geräusch der Nähmaschine ihrer Mutter: Tsssssrrrrr, tssssrrrrr, tsssssrrrrrr.

Dann fielen ihr die Augen zu.

Der Milchmann, der mit den Milchflaschen unter dem Schlafzimmerfenster ihrer Mutter lärmte, weckte sie am nächsten Morgen. »Aufstehen, ihr zwei, kommt schon! Zeit fürs Frühstück!«, rief die Mutter die Treppe hinauf.

Finchen und Lena steckten die Köpfe unter die Bettdecke und kicherten. Finchen fiel die Party wieder ein und die Eintrittskarten in ihrer Manteltasche, und ganz leise flüsterte sie Lena alles ins Ohr.

»Wir müssen heute ganz früh in die Schule gehen und die Eintrittskarten verteilen, damit wir damit fertig sind, bevor wir uns aufstellen müssen.«

Als sie sich wuschen und anzogen, nahm ihnen die Mutter die Lockenwickler aus den Haaren und kämmte sie. Finchen tastete nach ihrer Ponylocke. Sie war ganz glatt und sprang sogleich wieder in ihre Form. Finchen mochte sie sehr.

Den ganzen Tag über waren die beiden Mädchen ganz aufgeregt wegen der Party, und Finchen schaffte es nicht, auch nur eine einzige Rechenaufgabe richtig zu rechnen. Als die Schule schließlich aus war, rannten sie die Straße hinunter und stürmten ins Haus.

»Mama? Fängt die Party jetzt an?«

»In einer Minute, ich muss nur noch rasch dem Baby die Windeln wechseln, und ihr müsst natürlich noch eure neuen Kleider anziehen«, sagte Finchens Mutter.

»Ich habe kein neues Kleid«, sagte Finchen. »Nur Lena hat eines.«

»Dann geh doch mal hoch und sieh nach«, sagte die Mutter. »Und ich würde vorschlagen, dass wir noch rasch deine Pflaster erneuern.«

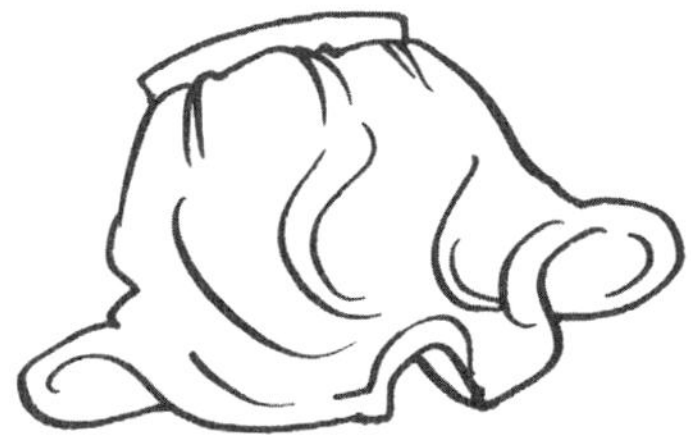

Oben auf dem großen Bett lag Lenas Samtkleid und, direkt daneben, ein meerschaumgrüner Organza-Rock, federleicht und duftig wie eine Wolke.

»Ich habe gestern Abend noch ein wenig genäht«, sagte Finchens Mutter. »Dieser Rest von Frau Asches Kleid hat gerade ausgereicht, um dir einen Rock daraus zu nähen. Und zieh dir eine saubere Bluse an. Rasch, ihr zwei, wascht euch und zieht euch um. Finchens Oma wird jeden Augenblick mit den Brötchen hier sein.«

»Aber Mama, Oma hat doch gar keine Eintrittskarte!«

»Dann wirst du ihr an der Tür eine geben müssen. Jetzt macht schon, ihr zwei, beeilt euch!«

Kurz darauf stand Finchen mit glänzend sauberem Gesicht und sauberen Pflastern und dem schicken, meerschaumgrünen Rock vorn an der Haustür und ließ jeden herein. Sie ließ ihre Großmutter mit den Brötchen herein und gab ihr eine Eintrittskarte. Dann ließ sie Jakob Kunstmann mit seinem Vater herein, der zwei große Flaschen Limonade mitgebracht hatte, und sie gab Jakobs Vater eine Eintrittskarte. Dann ließ sie Lenas Vater und Lenas Mutter herein, die einen dicken Verband um den Fuß hatte und eine große Tüte mit belegten Broten aus dem Laden von Frau Kühn mitbrachte, und sie gab beiden eine

Eintrittskarte. Lena hüpfte auf und ab und rief allen aufgeregt etwas zu und drehte sich in ihrem neuen Kleid, so sehr freute sie sich, dass ihre Mama nach Hause gekommen war. Die anderen hatten alle eine Eintrittskarte, und als alle da waren, setzten sie sich an den Kamin und aßen belegte Brote und tranken Limonade und Tee. Lenas kleines Brüderchen juchzte und schrie und winkte mit einer Brotrinde. Schließlich holte Finchens Mutter den Kuchen, und alle riefen »Ooooh!« und »Aaaaah!«, und Lena fielen beinahe die Augen aus dem Kopf.

Der Kuchen war ein großer, weiß-silberner Ring, und genau in der Mitte stand Lenas Puppe in einem meerschaumgrünen Rock und einem silberfarbenen Top.

»So ein Kunstwerk darf man ja gar nicht essen«, meinte Finchens Oma.

»Darf man wohl«, widersprach Gerrit. »Kuchen, der nicht zum Essen ist … das ist ja wohl total bescheuert.« Gerrit mochte Kuchen gern. Finchens Mutter schnitt den Kuchen an, aber gerade als sie ihn verteilen wollte, klopfte es an die Tür. Bum! Bum! Bum!

»Wer kann das wohl sein?«, wunderte sich Finchens Mutter. »Es sind doch alle da. Finchen, geh doch bitte nachsehen.«

Finchen lief zur Haustür und öffnete sie. Vor ihr standen Frau Asche und Charlie, den sie angeleint hatte. Finchen starrte zu Frau Asche hoch, und Frau Asche starrte zu Finchen hinunter.

»Du siehst aber hübsch aus heute«, sagte Frau Asche. »Bestimmt hat deine Mami diesen hübschen Rock genäht.«

»Ja, das hat sie«, sagte Finchen, »und vier saubere Pflaster habe ich auch bekommen.«

»Tatsächlich?« Da hörte Frau Asche die vielen Stimmen. »Habt ihr eine Party?«

»Ja«, sagte Finchen, »und Sie brauchen eine Eintrittskarte. Einen Augenblick.« Finchen rannte in die Küche, holte ihre eigene Eintrittskarte für Frau Asche und lieh sich die von ihrer Oma für Charlie. Dann ließ sie die beiden herein. Frau Asche unterhielt sich mit Finchens Mutter, und Charlie knurrte Rotbart an, der vor dem Kamin ein Nickerchen hielt. Rotbart bedachte Charlie mit einem kurzen Blick und schlief sogleich wieder ein. Finchen ließ Charlie keine Sekunde aus den Augen, damit er keinen Kuchen stibitzen konnte.

Frau Asche reichte Finchens Mutter eine kleine Tasche, und dann verließen sie und Charlie die Party gleich wieder.

Als sie alle Brote und Brötchen und den ganzen *Nicht-Geburtstagskuchen* gegessen und Gerrit sich übergeben hatte, gingen die Besucher wieder nach Hause, nur Lena, ihre Mutter, ihr Vater und ihr kleiner Bruder blieben noch. Finchens Mutter kochte noch eine Kanne Tee, und die Erwachsenen unterhielten sich.

Finchen schenkte Lena das Bild, das sie für sie gemalt hatte.

»Malst du mir noch eines?«, bat Lena sie. »Eines von mir in meinem neuen Samtkleid?«

»Ja, mache ich«, sagte Finchen, »aber nicht, solange ich den meerschaumgrünen Rock anhabe, sonst kleckere ich mir vielleicht Farbe darauf.«

»Mit Wasserfarben kannst du morgen malen«, sagte Finchens Mutter. »Heute könnt ihr mit Malstiften zeichnen, das heißt, wenn deine Mutter noch ein wenig bleiben mag, Lena, und nicht zu müde ist und nach Hause möchte.«

»Ich will nicht nach Hause!«, schrie Lena. »Ich will bleiben.« Und so blieben sie.

Finchens Mutter gab den beiden Mädchen ein paar Blätter. »Ich male mit meinem neuen Stift«, sagte Lena und sprang die Treppe hinauf, um ihn zu holen.

»Dann malst du besser auch mit deinem neuen Stift«, sagte Finchens Mutter. »Sieh doch, was Frau Asche dir gebracht hat, um sich dafür bei dir zu entschuldigen, dass Charlie dich so fürchterlich erschreckt hat und deine Sachen und deine Schuhe mit Tinte bekleckert hat.«

»Der Stift!«, rief Finchen aufgeregt. »Der Rosenstift!«

»Und da ist noch etwas in der Tüte«, strahlte Finchens Mutter.

Tatsächlich! Eine ganze Schachtel Pralinen.

»Gut, dass Gerrit schon gegangen ist«, sagte Finchens Mutter.

»Gut, dass Charlie schon gegangen ist!«, sagte Finchen. »Wenn ich das Bild für Lena fertiggemalt habe, können wir uns die teilen.«

Und sie teilten sich die Pralinen, ganz gerecht, weil sich in der Schachtel zwei Lagen mit genau den gleichen Pralinen übereinander befanden. Finchen wollte die Schachtel behalten, denn darauf war das Bild einer großen Vase mit Blumen, aber als Lena weinte, gab sie ihr die Schachtel, weil Lenas Mutter im Krankenhaus gewesen war. Und auch wenn Lena sich manchmal ziemlich schrecklich benahm, so war sie doch immer noch Finchens beste Freundin.

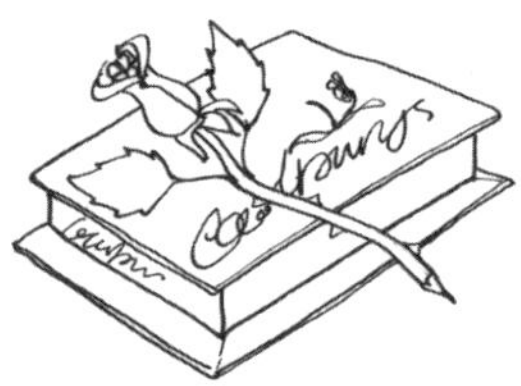

Bitte beachten Sie
auch die folgenden Seiten

Kinderbücher von Magdalen Nabb im Diogenes Verlag

Finchen im Winter

Mit Bildern von Karen Donnelly
Aus dem Englischen von
Ursula Kösters-Roth

Finchens Mama hat Grippe und nimmt eine geheimnisvolle Medizin, die der Arzt ›Filrur‹ nennt. Finchen langweilt sich, denn es regnet schon seit Tagen, der Kater ist mal wieder abgehauen, alle Bücher sind ausgelesen, das letzte Bild im Malbuch ausgemalt. Aber Finchen fällt immer was ein: Sie zieht sich warm an und geht auf einen Sprung zu Lena, ihrer Freundin von nebenan, mit der sie dreimal täglich Krach hat und sich dann wieder versöhnt. Doch bei Lena kann man diesmal nicht spielen, weil ihre Mutter Kopfweh hat. Finchens Freund Gerrit darf nicht raus, wenn's regnet, weil er sonst sofort Bronchitis bekommt, und seine Mutter hat einen dicken Schnupfen. Ob ihr wohl auch ›Filrur‹ helfen würde? Jedenfalls geht Finchen gern für sie Papiertaschentücher kaufen bei Frau Bock. Deren Mann hat ebenfalls Grippe, und Frau Bock kann nicht aus dem Laden weg, um bei Herrn Schuhmacher die benötigten Eier zu holen. Herrn Schuhmachers Hühnerstall besucht Finchen immer gern, also geht sie die Eier holen. Und allen Leuten, die sie unterwegs trifft, erzählt sie, dass ›Filrur‹ die beste Medizin gegen die umgehende Grippe sei.

Finchen im Sommer

Mit Bildern von Karen Donnelly
Deutsch von Ursula Kösters-Roth

Der Sommer ist schrecklich heiß. Doch Finchen – und ihrer Mutter – fällt immer was ein: Finchen darf im Hof in einer alten Zinkbadewanne planschen. Da wird sogar die verwöhnte Lena neidisch und schimpft solange, bis sie endlich auch mit ins Wasser darf. Was macht es schon, dass dabei ihre Locken baden gehen? Finchens Mutter bringt das mit ihrem ›Zauberhaarspray‹ ganz schnell wieder in Ordnung.

»Es sind leichte, schöne Geschichten, von Wissenden erzählt, ohne vorlaut zu sein. Finchen ist ein kleiner Schlaumeier, und wenn Lena sich dumm anstellt mit ihr, kann sie auch ganz schön patzig sein. Es ist Sommer und warm, und die Menschen sind vergnügt, und die Musik ist fast so schön wie das Leben, und wenn es so weitergeht mit diesen Nabb-Büchern, dann lesen wir alle nur noch Finchen-Geschichten, und die ganze Restliteratur kann uns gestohlen bleiben.«
Tages-Anzeiger, Zürich

Finchen im Herbst

Mit Bildern von Karen Donnelly
Deutsch von Ursula Kösters-Roth

Der Herbst kommt, die Blätter werden langsam bunt, und die Brombeeren sind reif. Finchen pflückt einen ganzen Korb voll für den Geburtstagskuchen ihrer Großmutter. Doch auf dem Nachhauseweg merkt sie, dass sie wieder einmal ihre Strickjacke verloren hat, und die war noch ganz neu! Als sie die Strickjacke schließlich gefunden hat, weiß sie nicht mehr, wo sie ihren Korb mit den Brombeeren abgestellt hat. Und dass Finchens Oma doch noch einen wunderbaren Brombeerkuchen backen kann, liegt nur an ihrem ›Zauberkorb‹ … Jeden Herbst treffen sich die Kinder und Erwachsenen des Dorfes zu einem großen Herbstfeuer. Finchen hilft mit, die riesigen Äste im Park zusammenzutragen, damit es ein großes, schönes Feuer gibt. Und dann wird sie krank und darf nicht raus. Da beschließt ihre Mutter, bei sich zu Hause ein Herbstfeuerfest zu machen und alle Nachbarn und Freunde einzuladen – und das wird noch viel schöner.

»Finchen, die kleine sympathische Gestalt, die vor lauter Einfällen nicht zu bremsen ist, ist ständig auf Achse. Das bringt manchmal Ärger, Mühsal und Missverständnisse mit sich, ist aber in Form von Geschichten witzig zu lesen.« *Salzburger Nachrichten*

Finchen im Frühling

Mit Bildern von Karen Donnelly
Deutsch von Ursula Kösters-Roth

Der Frühling kommt – und Finchen legt in ihrem Hinterhof einen Minigarten an, in dem sie Petersilie, Löwenmäulchen und Kapuzinerkresse sät. An Ostern erfährt Finchen, dass Ostereier anzumalen viel lustiger ist, als sich mit Schokoladeeiern voll zu stopfen, und dass das allerschönste Osterei das Ei ist, über dem die Henne Mavis brütet, bis ein Küken schlüpft.

»Die neuen Geschichten von Magdalen Nabb zeigen auf wohltuend ruhige Weise die kleine Welt dieser liebenswerten Figur.« *Hits für Kids, Gustavsburg*